U0572469

奎文萃珍

三祝記

［明］汪廷訥 撰

文物出版社

圖書在版編目（CIP）數據

三祝記 / (明) 汪廷訥撰. -- 北京 : 文物出版社, 2022.3
（奎文萃珍 / 鄧占平主編）
ISBN 978-7-5010-7374-0

Ⅰ. ①三… Ⅱ. ①汪… Ⅲ. ①古代戲曲 - 劇本 - 中國 - 明代 Ⅳ. ①I237

中國版本圖書館CIP數據核字(2022)第013255號

奎文萃珍
三祝記 〔明〕汪廷訥 撰

主　　編：鄧占平
策　　劃：尚論聰　楊麗麗
責任編輯：李子裔
責任印製：王　芳

出版發行：文物出版社
社　　址：北京市東直門内北小街2號樓
郵　　編：100007
網　　址：http://www.wenwu.com
經　　銷：新華書店
印　　刷：藝堂印刷（天津）有限公司
開　　本：710mm × 1000mm　1/16
印　　張：14.75
版　　次：2022年3月第1版
印　　次：2022年3月第1次印刷
書　　號：ISBN 978-7-5010-7374-0
定　　價：90.00圓

本書版權獨家所有，非經授權，不得復製翻印

序言

《三祝記》二卷，明汪廷訥撰，明代傳奇劇本。

汪廷訥（一五六九—一六二八），字昌朝（一作昌期），號無如、無爲、坐隱、無無居士、坐隱先生、全一真人、松蘿道人、清痴叟等，安徽休寧人。萬曆時期戲曲作家、刻書家。早年以經營鹽業致富，後任鹽運使，因事遭貶爲寧波府同知，轉任長汀縣丞。後辭官歸隱，築有環翠堂、坐隱園，以寫戲、刻書自娱。與陳繼儒、王稚登、陳所聞、張鳳翼等交往甚密。著有《坐隱先生集》《坐隱園戲墨》《人鏡陽秋》等，創作傳奇十四種，合稱《環翠堂樂府》，另有雜劇九種。

《三祝記》爲《環翠堂樂府》之一。該劇取材于《宋史·范仲淹傳》及附録之《范純仁傳》《范純禮傳》《范純粹傳》，述北宋名臣范仲淹父子事迹：吴縣人范仲淹家境貧寒，却胸懷大志，刻苦攻讀。後得韓琦資助，兩人同科及第。范仲淹授集慶軍節度推官，轉諫議大夫。時朝中權臣吕坦、夏竦等專權用事，結黨營私，范仲淹上疏彈劾，被貶饒州知州。時西夏主趙元昊蔑視宋朝無人，糾合諸羌作亂。吕、夏奏以范仲淹鎮守邊關，欲借刀殺人。范仲淹一面加强軍備，一面對趙元昊曉以大義。元昊退兵議和。范被任命爲參知政事，後封爲魏國公，四子皆爲官。此劇之名爲《三祝記》，乃因范仲淹未第前，張術士曾經用水銀煉成一包白金給他，但他即便窮困至極也未使用。後來張術士之子貧困，范仲淹遂將白金交還給他。術士之子感激不盡，祝范仲淹多福、多壽、多男子，是爲『三祝』。吕天成《曲品》評此劇：『摭事甚侈，而詞盡富足，若演行亦須一删。』《遠山堂曲品》云：『范文正父子事功文章，既表表一代矣，至敦倫尚義，此記能闡其微。』

汪廷訥所刻書一般都有名家繪刻的精美插圖。《三祝記》今存萬曆汪廷訥環翠堂原刊本，是刻内有插圖二十六幅，由其好友、名畫家汪耕繪製插圖，徽州黄氏家族刻工鏤版，爲徽派版畫的扛鼎之作。插圖皆雙面對連的大幅圖版，畫風精麗典雅，刀法遒勁有力。圖版空白處多以細密花紋爲補充，窗格、欄檻、衣飾、水波山巒等，纖細精妙。鄭振鐸《中國古代木刻畫史略》説『其工致也和《坐隱圖》無殊，當仍是汪耕與黄應組兄弟們的合作』。

此據環翠堂本影印。

編者

二〇二二年二月

敘三祝記

秣陵陳昭遠著

新安無如汪鹺使。天縱慧悟。性樂丼藏五車。蘊籍三百。才情窮海內外。譔不想慕其人。而復世好行德。扶困濟吧。心广相承無替。而今且以太

扌 久不 叓

化顓蒙。俾其爲善以消其二可莊語也。著三祝之傳奇。取其還金贈恣二事。足以風天下之伕俠伕義者。是爲寓言寄意云。至於詞曲之佳。則筵使之餘技。旨趣委婉。丰韻美秀。派此類昺倩。麗藻豈讓相如。其間敘洵[illegible]。忠藎之誼著摹劉闈雍之象則慈孝之德貽錄邉彊感附之深則誠信之化洽若夫義田周於一族賑濟及於萬民此尤其彰明較著焉者而又描寫之工善惡兼呈美刺具備直使文正公家之幽行隱德奕世如見其有裨於風化者豈尠小哉嗟乎世道日變誰不哆談因果甚

之持齋布施。以求福利。而於日用人
情。絕不肯少行方便。是舍近圖遠。惡
知夫因果之義也。試取三祝記歌咏
之。自當知所興起矣。
萬曆戊申端陽前一日

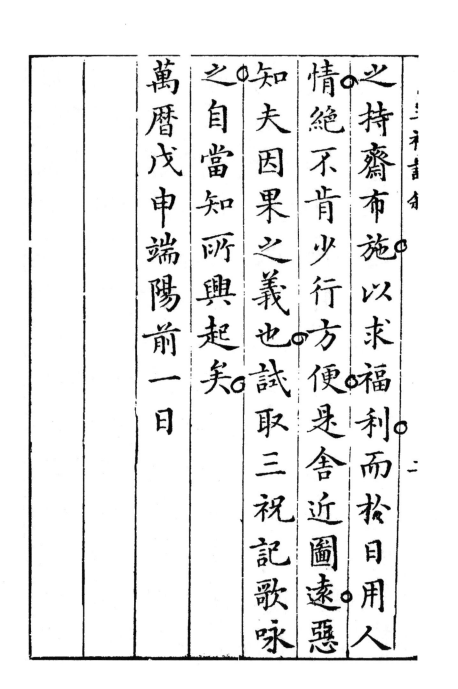

三祝記目錄

卷上

三祝記卷上

明　新都無無居士汪廷訥昌朝父著

第一齣　提綱

漢宮春（末）范氏希文。捱僧房虀粥。將相堪憑。蘭友友諸秦晉。仕路同登。還金濟麥。兩心同暗積陰功。抱忠義屢遭奸計。平西遠播雄風。○有子青雲接武。却辭榮罷相。歸篤宗盟。賢嗣愛民憂國。囹圄身經。伏伊兒弟。雪冤讎。位晉台衡。御恩命稱觴獻壽。果然祝應華封。

養節操山中虀粥　淨峰烟腹内甲兵

炳相業賢父賢子　振家聲難弟難兄

第二齣　辭家　　商調用車遮韻

引【高陽臺前】（生扮范希文晉巾儒服上）學貫天人胸藏韜略心期伊呂勳業偃蹇青袍。空勞夢遶雙闕蒼天有意調羹手定不將我壯志磨滅奈時間未遇風雲且甘巖穴

【鷓鴣天】先達誰當薦陸機任他衣馬逐輕肥未開水府珠先見不掘豐城劍自輝劉向閣董生幃殷勤晝夜不停披養成緯武經文器好向端揆報主知小生姓范名仲淹字希文本貫姑蘇吳縣人也唐宰相履冰之裔武寧軍節度掌書記墉之子小生幼叨文筆挾二酉之珍藏長學陰符占六庚之害氣身雖伏處草茅志則擔荷乾坤雅重風裁欲踵郭有道之芳軌好敦仁讓敢步萬石君之後塵獨恨岵屺早違風木之悲易動所幸室家好合琴瑟之愛能調長子純祐齒已八齡次兒純仁生方

數月這且不在話下只是我屈首寒窗虛度歲月不知何時纔得發跡也正是一枝且寄鷦鷯宿千里誰知騄駬材

引子【高陽臺後】[旦]扮李氏抱小孩純仁[末]扮純祐戴巾隨上[旦]良緣天賜禱結怕蘋蘩難主調乖琴瑟敬效齊眉[末]怎敢向牛衣相對嗚咽[末]瞻依顧復慚無報且須承順顏色[生旦]末合喜庭階瑞產芝蘭慶延瓜瓞

[旦]拜介相公萬福[生]揖介娘子免禮[末]揖介爹爹拜揖[生]孩兒到來【浣溪沙】[生]娘子我負却青春易白頭數奇李廣不封侯傷心白屋坐窮愁[旦]王抱卞和羞自獻驥逢伯樂定先收[末]爹爹你動名人擬覆金甌

過曲【高陽臺】[生]我力彈三冬書窺萬卷芸窻燈火無輟剌

股懸頭。恐將浩氣摧折。飛越。望天風直送巖廊上。做
皇家濟川舟楫。歎無緣遭時遇主。又早鬢毛凌雪。
前腔【旦】英傑。你志逼青雲。神凝秋水。詞源倒峽難竭。
況說劒談兵。胷藏多少籌策。功業老成練達非容易。
天將你大才歷閱。且堅心樂天安命。待時宣洩。
前腔【末】頑劣。廢戰門牆。詩書戶牖。家聲愧我難接。當
室椿庭。恩勞朝夕。提挈真切。爹爹。你是明時威鳳終必顯。
怎忍教虛生丹穴。望嚴親寬懷寧耐。莫勞凄惻。
【生】娘子。我功名不就。多因學問未克。聞離此百餘里。有長白山醴泉寺。幽僻絕塵。儘堪修學。我欲到彼靜養數年。只是家中用度難支。令我放心不下。
【旦】相公。昔年張衛士臨終時。將水銀鍊成白金一

囊並其方授你，你何不取出那銀子用了，依方煉
此，不惟救得眼下之窮，你便遠遊也免內顧。（生作
色）（云）噯，你嫁我十餘年，尚不知我的心
事。仲淹若是苟取之人，何一貧至此乎。
【前腔】饒舌。我不爲財利薰心，欻生貧友。自信歲寒松
柏。孩兒聽着，我的言語。要立身在霄壤之間。休將四維先絕。聞
說。（末）爹爹，聞說甚麼。（生）古人說，我若把遺金道上胡亂取。又怎肯披裘
炎月。望賢妻休傷風化，保全貞潔。
（旦）相公，我固知你非
苟取之人，姑試之耳。
【前腔】孩兒你爹爹爹 高節。義重綱常。恩均疎戚。名隨天地昭
揭。我兒，你將家法欽承。切莫行虧名缺。（生）娘子，你如此訓
誨孩兒，上可以媲
美三遷之教，下亦庶幾和丸畫荻之風，甚好甚好。況
你生純仁，夢兒墮月中，承以衣裾得之，此是佳兆，他

日必昌吾門我修學去你好生看他兩個**難別何曾**

(末掩淚介)爹爹要去只是孩兒離不得你

膝下離半頃路迢遥寸腸千結(旦)相公我在家中做些些針指與孩兒度日你去盤纏何處措辦(生)我將這間房屋當幾兩銀子待後來贖取罷(合)**爲藏修**將**一家骨肉暫須拋撇**

(末)爹爹你何時去(生)明日湊了盤纏就去(旦)甚日回來(生)多則十年少則五載學不成決不歸來(旦末掩淚云)是好傷情也

(尾聲)(生)**塵情俗事吾全謝**任**一暑往寒來更歲月**(旦末)却教我**母子牽衣揮淚血**

(生)暫時分手不須嗟　欲向山中度歲華

(旦末)但得學成文武藝　定教賣與帝王家

第三齣 齣才

仙呂用皆來韻

(外扮韋馱盔甲紅袍上)醴泉護法鎮山前。赫赫威靈照大千。正士到來神鬼伏。人間五福一身全。小聖長白山醴泉寺韋馱是也。只因俺心地無私。足以諸天永護。人世善惡。動念便知。陰府神兵。隨時能遣。俺這寺裏四方來修學者甚多。近日有個范希文。德行端方。工夫勤勵。看他前程。必然遠大。但不知膽氣若何。須令小鬼試他一番。鬼卒那里(雜扮二鬼應聲跳上)覆上聖有何差遣(外)那碧雲軒新來看書的范秀才。我看他有些功名。欲覘他膽氣。你二鬼去試他一番。回來報我(二鬼)得令(外)你須將千妖百怪神通顯(二鬼)只怕他鐵胆銅肝福力多(幷下)

【過曲】【光光乍】(淨扮長老上)口不愛嚐齋。心只愛貪財。算來多了。那菩薩戒。擠攵下油鍋還孽債。(內叫云)和尚油鍋可是好下的。你却有甚來頭。惹這罪過(淨笑云)你聽我道。命裏生來孤獨。出家願

學恐歷誰知我念經文佛口蛇心趨勢利人面獸
腹哄修因浪言即升極樂天堂勸懺悔虛談不入
阿鼻地獄薦亡靈分得些琉璃中油設水陸偷得
些道場上燭粄蓮臺誆騙些金箔銀硃修禪堂欺
隱些木石米穀眞是叉手取人心肝對面掩人耳
目賺得來養女宿娼拿出去沽酒買肉喫得今生
肥面肥身那管來世爲驢爲畜（內云）這般說油鍋
中少不得你了（淨）你愁我們鑊難熬我看做天之
美祿閑話休提貧僧在這醴泉寺做個長老只因
我山寺淸幽四方相公多來修學我有幾間小房
不知住過多少士子何曾見這個淸奇古怪的范
相公（內問）怎見得（淨）（西江月）曉起寒泉沃面晝將
凍粥充飢些須下飯是酸虀百結鶉衣蔽體此室
原多魑魅數年封鎖誰居他甘心獨自課詩書眞
是天地生來正氣當此初春貧僧摟着行童尚然
怕冷虧他耐得飢寒貧僧甚憐憫他且煎些椒湯
送與他
飲去

（皂羅袍）他爲命蹇文章難賣。歎貧身無策把虀粥甘捱。

抛妻棄子傍蓮臺。指望重裀列鼎居槐穾。殘膏焚盡頭
常不擡寒。氊坐破。門常不開。恨不五車書徒向胸中
載。
前腔〔我〕不做炎涼之態。見書生淸苦加意憐才。睹有一
九天雨露潤枯荄。教他困龍頭角騰滄海。但他所寓這閒房子不是
山魈作祟。是野狐弄乖。青霄猶可。黃昏怎排。我只慮他孤
棲不得身安泰。

黃卷青燈對聖賢　螢魚不出費鑽研
禪關莫道雲程隔　須信心堅鐵也穿

第四齣　修學　南呂用先天韻

引子〔一剪梅〕〔生便服上〕招提雲樹斷塵喧，欲托枯禪願習殘編。離家免得俗紛纏，一念精專，萬卷深研。

愛此禪林好，幽軒絕世紛。澄宵半床月，淡曉數峰雲。遠意經年就，微吟並舍聞。只應虛靜處，所得自蘭芬。小生自別了妻子，來到這醴泉寺，果然綠水青山，天開圖畫，長林豐草，地隔人寰，不獨眼界空明，亦且耳根清淨，怪不得四方學者往往寄此藏修。但小生帶得盤費不多，僧家房租頗貴，我見這碧雲軒空閑在此，欲借棲身，那長老說其中常出魍魎鬼魅，難以住居。我想大丈夫心事如青天白日，怕甚麽木怪山魈，他只得勉強容留，房金也不與我計較，到今月餘，並未見些動靜，這且不在話下。只是年矢易邁，學海無涯，仲淹欲下董生之帷，愧塵范卅之釜，這怎麽好〔掩淚介〕只得每日用粟二升作粥一器，待凍了，劃爲四塊，早晚各取一塊，斷虀數莖，煖而啖之，正是黃虀止日供饘粥，白屋他年出巨卿。待我將書來看看〔看書介〕

（過曲）（解三醒）羡維翰磨穿鐵硯，羡蘇秦刺股心堅。羡文通護麥持經卷，羡孫敬髻高懸。他們埋頭且課詩書業。遇主終操將相權。我怎敢把精神倦。乾乾朝夕。繼美前賢。

呀，不覺腹中饑了，將粥來食他一塊（用刀割粥食介）

（前腔）時不遇且安貧賤。有幾曾具饘粥負郭良田。先聖說得好，食無求飽貧無怨。但得這塊粥呵，勝枵腹命難延。我只為書中自有千鐘粟，因此上囊裡空留一片錢，虀堪嚥。嚼出些宮商角徵。也強似魚肉腥膻。

（二鬼大叫一聲跳上）（生將粥碗置于案上定睛看介）

（太師引）（生）日當軒是何物將形現。你休逞精神將咱妄纏
我范仲淹呵論膽氣奔雷掣電要立功勳撼地掀天、（一鬼伸手
欲偷粥碗生大喝一聲鬼慌縮手介）（生）難道一盂虀粥猶為羨。你還被魍魎
鬼暗地垂涎。（一鬼從後欲來抱生生猛轉回身將鬼一掌鬼驚仆在地）（生）你看我這手呵更
比昆吾健、縱有千妖敢前。你果是山魈木魅、急早隱去、休待我尋
踪覓跡、自招愆。
（二鬼跳舞一回將生書案移開）（生）你移開書案、能
擡起我來麼（一鬼繞來擡身一鬼纔來擡腳生左
腳踢倒一鬼用右臂挾起一鬼打地下一鬼二鬼
俱乞饒介）（生）你可伸手來寫一字與你認（三鬼伸
手生各寫山字在鬼掌上二鬼手被壓不能舉伏
地叫苦介）（二鬼）今番認得范秀才麼（二鬼）不知丞相
福力、冒犯威嚴、望丞相移去這山、有話奉稟（生）用
筆塗去山字介）（三鬼叩頭云）我等奉本山韋馱法令

來覰丞相膽氣（丞相將來功名蓋世、將相兼權（一鬼腰下解筆獻生（生云）願丞相文佐休明（一鬼將戈獻生（生云）願丞相武戡亂略（生欣然受之用手扶起二鬼（二鬼云）原來如此、

【前腔】寒儒自分身淹蹇、又誰知神明見憐、聽說罷私心懽忭、恐難當將相兼權、（二鬼）鬼神彰往察來、毫無虛謬、但天機不可輕洩、丞相只自信便了、（生）倘我日後得第呵、將黃金粧就伽藍殿、使你小鬼頭廟貌森然。（二鬼）我等不敢望丞相莊嚴廟貌（生）只要怎麼（二鬼）只免得拳椿脚踢罷（生）我心慈善、只惡邪魔蔓延。願從今、你把皇圖永護、靖風烟（二鬼）我等奉別丞相、回上聖法旨去、將相本無種男兒當自強（下）（淨持湯上）千山松雪添文思、一盞做湯解峭寒、范相公開門（生）呀長老來了（開門介）長老請進（淨）相公、如此寒色、怎麼爐中炭火也沒些兒（生）那裡有錢買（淨）貧僧特具椒湯奉獻（生接云）既蒙假館、復荷垂情、愧處窮途、莫由報德（淨）漂

母尚不望報、況貧僧乎、敢問相公連日處此、不曾受驚麽（生背身云）方纔二鬼教我不要輕洩（回身云）並未見甚妖邪、就有我也不懼（淨）相公如此氣槩定然有大功名、只是眼下受窘、權且寧耐、

【大迓鼓】（生）饑寒守自然。我將還家念絕。映雪心堅。長老我今日雖是秀才、所任已自有在、（淨）相公你欲任些甚麽（生）此身未脫衡茆賤。心期便欲出擎天。多感你青眼相看高情弗諠。

【前腔】（淨）你辛勤有萬千。雖今豹隱不日鶯遷。文章氣節君兼擅。應知聖主待調元。勒鼎銘鐘。伊周並肩。

（生）過承期望、感篆五中（淨）相公請自潛修、貧僧再來奉看

（生）精舍當年捨給孤　一枝何幸寄潛夫

（淨）中原莫道無麟鳳　自是皇家結網疎

第五齣 促試

中呂用東鐘韻

引子〔菊花新〕〔旦扮李氏末小生扮二兒隨上〕〔旦〕醴泉迢遞梵王宮悵望才郎信未通〔末小生〕難弟與難兄堂背萱花堪奉

〔臨江仙〕〔旦〕夫寓招提寒暑隔深閨母子空淹〔末小生〕椿庭定省是何年勉將慈母慰〔旦〕爭奈夢魂牽

我兒自你爹爹往長白山條經五載他去時純仁方纔數月怎知你今日兩個皆能誦習經書敦行孝友我做娘的也不負了你爹爹之托只是我情据朝夕勉強支撑不知你爹爹可終有出身的日子〔末〕母親富貴在天達人安命況爹爹攻苦食淡數年不歸料必學業大成了〔小生〕母親請自寬懷勿生憂慮

過曲〔駐馬聽〕〔旦〕秪爲囊空我繡線金針做女紅若偷安朝夕便缺乏饔飧饑餓孩童〔末小生掩淚云〕十分虧了母親〔旦〕只望你勤

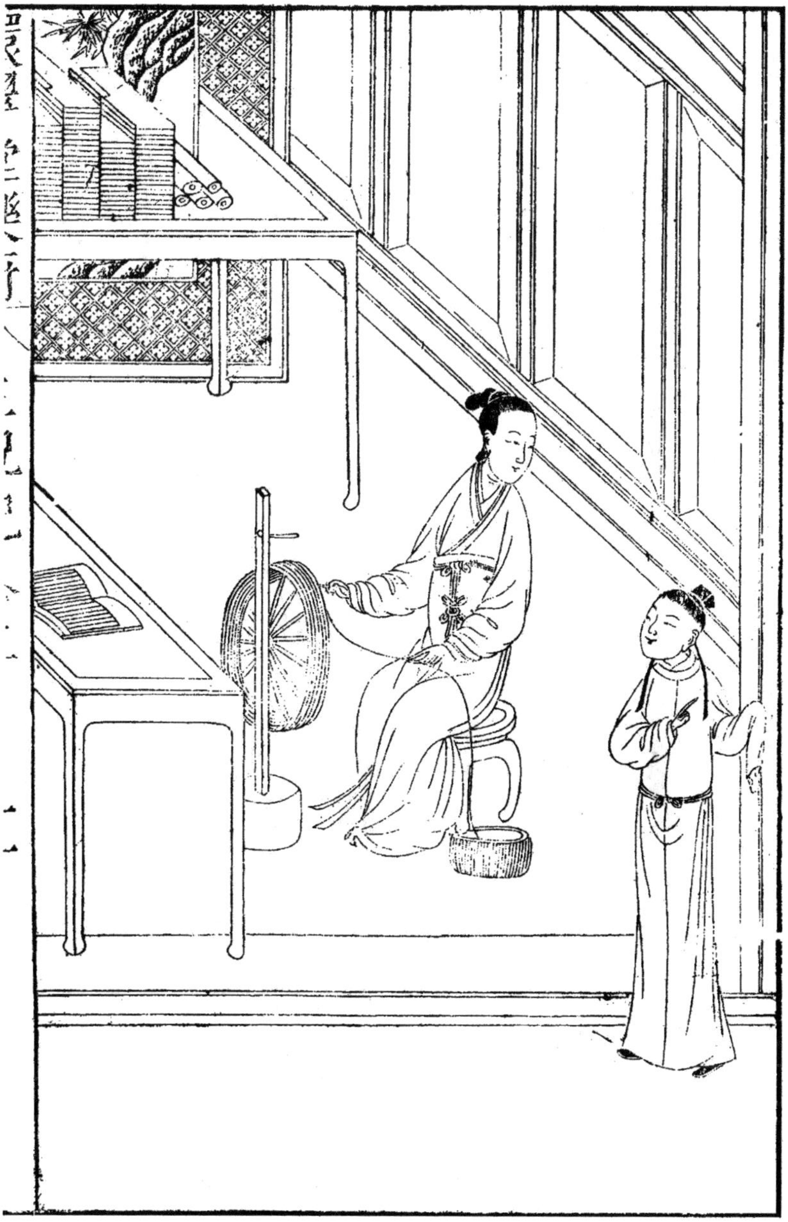

勞書史振家風。養成才罷堪時用。那時你爹爹來家呵、和氣懽

容膝前喜見飛雙鳳。

前腔【末生】小兒愧愚蒙。何幸孟母三遷愛獨鍾。說什麼和丸

課夜畫荻成書。又將衣食勞供。只願一庭棠棣向春榮。更

百年岵屺沾天寵。母親、孩兒只慮着爹爹暮鼓晨鐘寂寥禪室

無陪奉。

【旦掩淚云】我兒言及至此、你娘越發酸心。

駐雲飛【丑扮里老扶杖急走上】詔選英雄。特奉官差把信息通。

我府檄親身捧。那才子似天風送。這是范相公門首、呀、你看他蛛絲網

戶草色侵堦、窮秀才家這等荒涼、可嘆可嘆。待我敲門喚一聲、范相公、范相公。【旦】呀、何人扣門、綁掿出去

看來（末應）開門見（丑問云）老人家是那里來的（丑）小哥我是縣中里老、目今朝廷黃榜招賢、官府差我賫檄文遍傳相公應試、你們相公在家麼（末）請少坐、我進裡面說來（末進）（旦）我兒是誰（末）是縣中里老、因朝廷黃榜招賢、官府差他來賫文書催爹爹去應試（旦）呀、你爹爹不在家、怎麼好、你出去回他、只說知道便了（末應出云）有勞長者、家爻偶出、歸來即便說知（丑）嗏。行邁莫從容。人心洶洶。你相公要際會風雲。及早忙飛鞚。春色應先占九重。（末）多蒙美意、容家爻庖謝（丑）請了、一心忙似箭、兩脚走如飛（下）（末入見旦云）母親、里老去了、只是爹爹怎麼得知（旦）要央個人去、又爭奈無錢（末）孩兒舊歲去看爹爹、認得這條路、明早親走一遭、母親意下如何（旦）這個甚好、你听我道

【前腔】南北西東。你好向臨岐辨舊踪。若見你爹爹時、道機會斷不可失、虎榜應高中。驛馬須忙動。（小生）母親、哥哥既往迎爹爹、我做兄弟的

也當陪伴哥哥去、嗏。我情理合陪兄。只慮萱堂誰共。（末）道路迢遙。你稚子難隨從。我爹爹此一行穩取九萬扶搖送大鵬。（旦）小（生）你

正是初出茅廬第一功。

（旦）負笈尋山去　呼兒迓父歸

（小生）龍門將次躍　（末）先報一聲雷

第六齣　驛塔

雙調用蕭豪韻

引子（夜行船）（外扮韓稚圭晉巾儒服上）不爲雕蟲慚伎小。經濟手大鼎能調。北斗文章。泰山氣槩。何日對揚廊廟。

河光嶽色。過泰關英氣飄飄。滿壯顏賈誼書成。動西漢謝安人望。起東山亨途去。覺雲天近舊隱。回思木石開。此道聖朝如不墜。疏封宜在立談間。小生姓韓名琦字稚圭。相州安陽人也。玉質金相。蚤

擅英偉之譽，雖龍縲虎近，叨博雅之稱，爭奈我貧
窮擔簦，故鄉常別，親賢遠徙，流俗寡諧，是以遊學
蘇州，獨與范希文最相友善，自長白山中與他相
別，不覺半載，聞得朝廷開科取士，我想希文定着
先鞭，但恐他路費不周，我須約他作伴同往，試向
他家問一聲去，正是千金方市駿，多士慶彈冠。【虛
下】

【引子】賀聖朝【生末同上】【生】携兒歸路迢遙，故園滿目蓬蒿。【末】
虀鹽不久困英豪，看鳳翮凌霄。

【末】爹爹，已到家門了，孩兒先報母
親去。【末向內報介】母親，爹爹來了。

【引子】寶鼎現【旦小生上】【合唱】分違悵結柔腸，相逢喜開懷抱。
【相見介】【生】娘子，五載離家，寄遠山，日飱虀粥，掩禪
關，樂羊機杼，防功廢，季子妻孥，守歲艱。【旦】夜半若
參供子課，夢同明月憶夫還。【小生】今朝始識嚴親
面。【末】花發長安，待首攀。【旦】相公，朝廷黃榜招賢，秀

才們都紛紛起程去了、你不可遲滯【生】娘子、我數
年來功夫已盡、此行料必成名、只是盤纏分文也
無、怎生區處【旦】我家中你不必憂慮、但路費當周
【外上】欲約金蘭友、同觀上國光、此處已是希文門
首、待我叫一聲、希文在家麼【生】有客來了、娘子且
迴避【旦】末小生虛下【生】出迎【介】呀、原來是稚圭兄、
未遑倒屣接【外】雞黍拜華堂【揖介】【外】小弟只恐兄
尚在長白山中、不意今已回府【生】因府檄來傳、適
方返舍【外】兄才傾八斗、學足三冬、此行定奪龍頭、
小弟願附驥尾【生】只是路費不周、正與荊妻商議
【外】小弟知兄之此、特約同行、百凡俱在小弟身上
【生】仁兄用情過厚、小弟何德以堪【外】朋友有通財
之義、兄休太謙【生】既如此、向內【云】娘子同孩兒出
來、拜見韓先生【旦】出拜云、韓先生萬福【外】還揖云
尊嫂見禮【末】小生揖【云】韓老伯拜揖【外】二位賢姪
免禮、希文、令長公小弟見過、二令郎卻不曾會、這
等英氣逼人、定非凡品、今幾歲了【生】五歲、小弟生
此兒、生方兩月、今亦不料其頭角如此、娘子他也
學讀書麼【旦】此兒早慧、庶幾能辨之無、亦且賦性
純良、注念不離孝友【外】有此賢親、寧無令子、希文、

小女年亦五歲，德性稍馴，尚不棄寒門，吾欲選令郎爲快壻，何如。（生）我與兄交稱管鮑，正好盟締朱陳，只恐蒹葭不堪倚玉。（外）說那裡話，小弟有白銀十兩，奉令郎爲攻書之費。（旦）對生云，既蒙韓伯美意，愧無聘財，古人有以荊釵爲定者。（頭上取下釵云）你可將此釵奉韓伯，寄與他令愛，這白銀怎好受的。（外）聘釵小弟須下，此銀幸勿推辭。（生）我兒拜謝了岳丈。（生旦小生同拜外，外答拜介）

【過曲】園林好（生）（旦）蒙十載金蘭締交，感一旦絲蘿附喬，你閨秀居然德耀。（我孩兒阿）愧坦腹舊英標，愧坦腹舊英標。

【前腔】種（外）你藍田玉應非一朝，（旦）這寧馨兒是池中鳳毛，端的有乘龍才貌，願二姓瑟琴調，願二姓瑟琴調。

（生）娘子，韓兄正恐我盤費不周，特來相約同往，只是家中放心不下，奈何。（旦）相公，功名大事，你須勉圖，家中且勿介意。

（江兒水）（生）是既李郭仙舟共，何愁關山去路遙。（背末小生）只怕他趨庭詩禮無人教，（指旦）只怕你卒歲饑寒無人曉，又怕我齊門鼓瑟違時好。種種縈牽懷抱，暗自躊躇。恐見那[illegible]駒當道。

（前腔）（旦）你兒女情休戀，風雲會不遙。南山未可淹文豹。我績紡聊供昏和曉，將詩書勸課忠和孝。你內顧何煩勞擾。好逐良朋，結綬彈冠榮耀。

（五供養）（末）爹爹、你芸窗學飽。拾芥功名。出佐唐堯，玉堂調鼎鼐。兒得茅屋歎蕭條。孩兒侍母親呵勤澡洒掃，敢玷辱嚴君家教。阿弟兒看管。念垂髫。願爹爹龍門及早趁春濤。

〔玉交枝〕(小生)長安官道。亂紛紛人爭奪標。明時不忍空懷寶。(小生)況爹爹山斗名高。相如題柱休憚勞。高車駟馬增光耀。做孩兒怎違暮朝。顧爹爹鰲頭獨釣

〔前腔〕(外)久停征棹。欲開帆江頭趁潮。你壯心莫被離情耗。疾忙辭上河橋。雙雙玉樹須暫拋。鶼鶼比翼輕分了。(旦向外)韓親家。請受奴家並小兒一拜。(旦末小生拜外介)謝君家提携義高。祝君家同登九霄。

〔川撥棹〕(生向旦唱)兒年少。食和衣恨未饒。望賢妻莫惜劬勞。望賢妻莫惜劬勞。待成名瓊瑤報桃。(生旦末小生合)唱陽關魂暗消。不由人涕泗交。

前腔（旦）相公，你逆旅孤身善自調。成名後便當早歸，莫使風塵敝黑貂。（末小生）料此去虎榜名標。料此去虎榜名標。我恐放愁懷過灞橋。（合前）

（外）希文休得徘徊，就此相別罷。

尾聲（外）要登程須及早。（末小生拜生）（介）（對生掩淚介）割愛分情在這遭。（合）佇看泥金下赤霄。

（末生）河梁落日最關情　（旦）送別仙郎上玉京

（生外）路上有花並有酒　一程分作兩程行

第七齣　附權　正宮用尤侯韻

引子　燕歸梁（小淨扮韓御史，冠帶，小淨、雜扮皂隸提燈隨上）（小淨）鐵面生來不識羞心地曲如鈎，豸冠驄馬鬼神愁，趲我禍逆予雠。

自家西臺韓瀆的便是。人道我是獬豸慣能觸邪，不知我是狐假虎威出入。何嫌昏夜乞哀，只要驕人白日。自家爲何說這幾句言語？我韓瀆功名念重，忌刻情深。見今吕相公十分弄權，我要希位取寵，須索承望他下風。一向他也喜我，只不曾另眼相看。明日是他壽誕，我怕人先去拜賀，不見得我的敬心。今方二更時分，我何候在他府前，待一開了門先挨進去。難道他不着點意兒？正是笑駡由人笑駡，好官我自爲之。皂隸快走快走。（行介）（皂隸）呀，那十字街前，又望見一個燈籠來了。（小淨）你把燈籠吹隱，我和你閃在這壁看看是何人。（吹燈閃介）

【前腔】（小丑扮夏諫議冠帶雜扮皁隸提燈隨上）（小丑）逆耳批鱗自取尤鉗口謝繩糾，公門桃李望先收，懷短刺背人投。

莫笑前賢兩及門，潭潭相府獨稱尊。太山若肯容棲托，願做婁金夜守藩。皂隸，我此時到相府前，莫

不先有人來候見麽（皂隸）老爹你听樵樓上打二更、那裡便有人來（小丑）有人便不顯出我的敬意、快走快走（行介）（小淨低云）原來是老夏、他也去候謁吕相、我便到那裡、也要與他相見、怎生瞞得過他、不如和他同行罷（向前抱小丑云）婁金不守家中竇、何事天街做夜巡（小丑用燈籠照見小淨笑云）子亦錦衣行暮夜、中途遇着未眠人、韓兄、這般昏天黑地的、你燈也不點一個兒、待往那裡去（小淨）小弟方纔得一心病、急忙要去就醫（小丑驚訝云）兄有何貴恙（小淨）不瞞兄說、我害的這病、就是你害的那病、何勞再說（小丑笑云）原來如此、既不相瞞、我兩個同去罷、趨炎附勢憐同調（小淨）戴月披星慶得朋（虛下）

引子【破陣子】（淨金幞頭、蟒衣玉帶、旦小旦扮二美人、末扮院子隨上）（淨）相國權傾夷夏、立朝心愧伊周、黃閣已叨綸綍、掌津要、還將羽翼收、威名震冕旒、炙手功名我最强歌兒舞女列成行明朝生辰千秋節冠履爭先拜晝堂自家呂坦是也叨尊元輔禮絕百僚簧鼓一搖萬乘播吾舌底劍鋒雙感千人成我眉端生前富貴不問社稷之安危身後浮名那管史書之香臭眞是位高湯左相權重漢諸侯我欲將幾個心腹之人布在樞要遍觀羣臣中那韓瀆夏竦兩個到也小心况他官居臺省正當糾劾百僚得他承望下風也能助我一臂之力但不知他意下何如明日是我生辰定有官來拜賀因此今夜早將家讌散了待兒歇息去罷（二旦應下）（淨）院子今夜甚時候了（末）纔交三更（淨）你將大門封鎖了麼（末）封鎖已久小人適去照門聽得門外隱隱人聲小人從門隙中窺覷只見燈影下兩員官卻看不真面貌（淨）呀難道此時便來拜壽你開門問來（末應開門介）（下淨小丑趨前作揖）（淨）管家拜揖（末）呀原來是韓夏二位大人此時有甚緊要事商議（小淨）今日是老相公千秋小官特來賀壽敢問老相公起來麼（末笑云）二位失曉了老相公尚不曾歇息（小丑）小官有些微儀奉謝管家煩方便稟一聲何如（末）這個使得二位少待（末進介）

稟老爺、門外是韓御史夏諫議伺候拜壽、不知老爺尚未安寢（淨笑云）我說他兩個小心、果然如此、着他進來（末出云）老爺請二位相見（小淨小丑鞠躬進見跪云）御史韓瓚諫議夏竦、恭遇恩相千秋、特來拜賀、願恩相天恩九錫、眉壽萬年、（淨）夜猶未半、遽勞降臨、禮意殷勤、實超常格、請起請起、院子、方纔筵席未撤、就留他二位同飲一杯（末）酒在此（小淨小丑）願借恩相玉斝、奉祝南山（淨）多謝了（小淨遞酒介）

過曲【玉芙蓉】春添海屋籌。香泛麻姑酒。望長庚璀璨光燭瓊樓。人知夢中良弼向商王授。須信池上蟠桃是度索偷。（合）南山壽、喜明良正投。鼎鼐調和太平歌誦幾千秋。

（小丑遞酒介）【前腔】庖分禁臠饈。舞蕩霓裳袖。慶真人降嶽

錯落觥籌。雲中幸聽鈞天奏。海外欣從閬苑遊。(合前)

(前腔)(淨)瑤堦白鹿遊。玉砌靈芝秀。感稱觴子夜雅意綢繆。君王寵眷恩何厚。實深追陪醉且留。(合前)

(小淨小丑)夜已四更，恩相尚未歇息，小官不敢久坐，恐勞玉體，就此告退。(淨)這也說得是，院子將酒筵撤了。多承美意殷勤，老夫欲以腹心相托，二位職居臺省，風聞即奏，倘有小心承順我的，即與超遷。那等沽名釣譽的，搜尋他些風流過犯，遠方降調，使人人結舌，個個消魂。那時我與你任意施爲，說甚麼功名富貴。(小淨小丑做阿附態)小官蔑線微末，過蒙公相提拔，當效犬馬以報恩施。

(淨)華堂今夜玳筵開　(小淨小丑)酒近南山作壽杯

(淨)我醉欲眠君且去　(小淨小丑)百年身願傷三台

第八齣 辨志

中呂用魚模韻

引子（遶紅樓）（外扮韓稚圭冠帶末扮從人隨上）（外）雪案螢窗萬卷餘，生平愧暗裏投珠，何幸彈冠，青雲得路，駟馬駕高車。聖朝圖治網羅開，天下英雄入彀來。朽骨自甘墜棄，千金何意市燕臺。我韓琦，同范希文入京應試，蒙聖恩親取第二，希文第三，除授我將作監丞通判淄州，希文授集慶軍節度推官，吾欲赴任，不知希文何日起行，須過他寓所言別，正是同為逆旅客，又作宦遊人。（行到介）手下通報。（末應報介）范爺有請。

（前腔）（生扮范希文冠帶小生扮從人隨上）（生）十載藏身學蠹魚，附良友獻賦皇都，何幸雷陳同時遭遇，分手又踟躕。（小生稟介）韓爺到了。（生出迎揖介）玉貢高風久不聞，蒙君提挈上青雲。（外揖介）不堪仕路分南北，無限離情對夕曛。小弟則早晚行，不知足下何時發駕，是徑赴任，還欲回家去？（生）小弟行期，不出旬旦因弟婦並兄輩久別，尚欲回家，然後赴任。【外】小弟順路到任後，差人接取賤眷。請問希文昨何年兄說狀元試三場，一生喫着不盡，我兩人幸脫家食，求遂溫飽之志否？【生作色】云：稚圭說那裡話。

過曲【石榴花】【生】榮叨附驥，一旦騁天衢。兄豈止爲溫飽惜三餘。【外】兄素志卻欲何爲？【生】恒思致主駕唐虞。幸然今日得此一第，料先憂後樂情舒。【外】兄志欲先憂後樂，壯哉壯哉。【生】韓兄，你休戲我，做區區鄙夫得功名便把初心負。【外】笑云：小弟豈不知，兄前言戲之耳。【生】我做秀才志節嶒嶸。怎肯列官常事業糊塗。稚圭立朝之志，卻欲何爲？

【前腔】【外】我生來慷慨，不喜世人諛。這綱紀願身扶。當今朝廷急務，親賢遠佞是良謨。正君心永保皇圖。我與你同堂業

儒誓從今共把熙朝輔。如兄大才呵，穩情取靖烽烟威鎮華夷。理陰陽望重公孫。

【泣顏回】【生】社稷要無虞。借上方將元惡先誅。【外】元惡是誰？【生】當今呂相權侔人主，滿朝廷阿附爭趨。今如不驅，怕根株盤據傾皇祚。我擬明朝射隼高墉，效當年折檻庭除。

【前腔】【外】希文，你忠肝義胆與人殊。欲批鱗抗䟽，不顧捐軀。那呂相雖作威福，但你官非言路。況吾儕筮仕之初，君心未孚。也隄防出位輕遭辱。待他年諫議當垣，那時節彈劾何辜。

【生】小弟非仁兄指教，不惟談之無益，亦且自速其愆。姑隱忍待之。日今一別，不知會晤何時，小兒紛仁，蒙兄以令愛許字，幸勿相忘。(外)業已受聘，更復何疑。令郎美質，定然早奪巍科，兄須愛之重之。就此相別罷。(生)明早小弟一樽，河梁奉送。

(外)纔從金榜共登龍　(生)又聽驪歌慘別悰
(合)他日相思何處是　關山千里白雲封

第九齣　晝錦

南呂用真文韻

過曲【一江風】(旦上)憶王孫。誰道是日遠長安近。空教我母子躭饑饉。謝蒼天苦盡甘來，報得泥金信。聞他集慶拜新恩。集慶拜新恩。之官過里門。羡錦衣白晝人推遜。

【前腔】(末小生捧書上)(合)惜青春。把師友功夫盡。怎忍背慈母惓惓訓。(向旦揖介)母親，孩兒放早學來了。(掩淚介)(旦)我兒為何掉下淚來。(末小生)念嚴親遠

隔天涯。何曰把權容覲。(旦)我兒、你爹爹既已成名、授了官職、料不久便歸(末小生)

我定省曠辰昏。定省曠辰昏。烏情戀未伸。也須向君平

試把行人問。

(旦)你兩個將今日讀的書來我看(末小生)遞書(旦)問書介

〔前腔〕(生冠帶雜扮從人挑事傘盖挑行李隨上)(生)冐風塵。流水兼程進。歸

思縈方寸。歎當年短劍孤琴。今換得駟馬還鄉郡。雖憐

氣色新。雖憐氣色新。休忘舊日貧。更何嫌十年總下無

人問。

此間已是家門、手下俱在外面伺候(雜應下)(生入介)(末迎見云)母親爹爹回來了(旦迎見云)可喜可

喜(生旦對拜介)(生)感卿廾日獨勤勞、此日鸞封定可叨(旦)自合賢良登上第、慚非窈窕配時髦(末拜

生云趨庭久不聞詩禮〔小生〕拜生云問寢無能慰暮朝〔生〕燁燁書香兒欲繼、文章養就鳳凰毛、

〔三學士〕〔生對旦唱〕謝得韓兄能援引。我一朝附驥登雲〔旦〕如今在那里〔生〕他佩刀別駕往淄州路。我拜命推官集慶軍欲與你母子分攜遙赴任。聊歡會便問津。

〔前腔〕〔旦〕想着你長自山中虀粥窘。幾年歷盡辛勤。人凡有志終成事。天豈無知教你獨受貧。今日會少離多心未忍。吞聲處淚滿巾。

〔前腔〕〔末〕自怪孩兒生不敏。義方久矣無聞。非兒敢曠斑衣舞。為父新沾一命恩。纔得相逢離思引。兒和母欲斷魂。

【前腔】（小生）韶齔孩兒情可憫。生來未侍嚴親。雖然孟母將芳隣擇。何似燕山傍大椿。會少離多教我雙淚隕。腸千折酒一樽。

（生）娘子。我觀二子恂恂雅飭。皆賴你陶鎔之功。他日成就可望。但我素厭吳中風俗浮薄。前登第後上疏請建郡學。特聘胡瑗為師。近聞他學規良密。但一時士不率教。奈何。（末跪云）兒雖未冠。有志敦尚節行。願入郡庠。率先多士。不識爹爹尊意何如。（旦對生云）只恐他年少去不得。（生）人患無志。齒何足拘。娘子休小覷了孩兒。我明日竟送他入郡庠去。孩兒你听我道。（末跪介）

【大聖樂】（生）念吾儒須重彝倫。敗綱常難立身。成仁取義是男兒分。我看你年雖小志超羣。（旦）你若將青衿領袖標先躅。方顯得百代箕裘此再振。（小生）兒遵父訓。穩情取膠庠式化。多士繩準。

【前腔】（末）念孩兒年未成人。砥中流氣欲伸。頹風薄俗吾私恨。況遺穀感家尊。後生小子原堪畏。傑士凡民自不倫。（生旦小生）天開文運。從此去英才濟濟。出潛離隱。

（生）娘子。可打點純袖明日進學的衣服去（旦）理會得（末）明朝絳帳聞師教（旦小生）從此宮牆見大儒（旦末小生先下）（生）吾家自上世傳來。住宅頗大。因先父晚年食貧。盡數執當于人。我今幸得微祿。欲將此宅贖回。庶不墜先人之業。呀。連日鞍馬勞倦。且進書房假寐片時（進房假寐介）（淨扮鬼跳上）人心可昧天難昧。陽世無神陰有神。自家威靈大王是也。生有壯志。死作厲神。我五十年前在這地方大顯神通。居民立廟享祀。誰知這廟基是范墉當與人的。他兒子范仲淹中了進士。贖取此地。要建書院。將我身置于何所。今乘他夢裏曉諭一番。多少是好。這是他書房。待我徑進去（見生作威介）范仲淹你認得我麼，我是本坊廟中威靈大王。這廟基雖是你家所當，但我在此棲身已久，怎麼動得我的。你如不存留我，必禍及汝子。那時悔之晚矣。（將生書案擊一聲跳下）（生驚醒云）好怪好怪，分明夢見一神，道是威靈大王，不要我移他廟宇。你這廝雖鼓餘威，却不知范希文不是可恐號的。

【前腔】讀書人肯信邪神。你肆兇殘，要殺子孫。殃生壽夭天之分。况我這地基呵，豈容臥榻畔睡他人。從來故物還歸去，莫恃強梁欲併吞。伊須遠遁。若仍前作祟，我便斬草除根。

鬼神當敬遠　吾意自無私

但守先人業　災祥任所之

第十齣　感祝　雙調用齊微韻

過曲〔鎖南枝〕（末扮張貧士上）饑無食。寒少衣。椿萱早謝失所依。我想先父存日，與那范希文先生，膠漆不相離。金蘭有同契。他如今賢科起。故里歸。我雖貧，是他通家子姪也，須造華堂。賀恭喜。此間已是范公宅上，呀，無人在門首，待我與聲，有人在麼？（雜扮院子上）朝廷有道青春好，門館無私白晝長。（見末問云）你做什麼的？（末）我是故人張衡士之子張茂德，特來拜賀范爺，須你通報。（院子背云）這等個貧人，定是告助的，老爺怎肯與他相見？我只回他便了。（向末云）老爺方纔出門拜客，你來遲了。（末）我並無事干求，你爺聞他榮歸，特來拜賀。（院子）我老爺只少你拜賀，你去改日來罷。

〔前腔〕（生便服上）聽得人來語。我從戶內闚。（見末出迎介）呀，原來是通家小友慰別離。（末）小姪特來奉賀老伯。（生）請進請進。（向院子云）這斷如何不即通報，快烹茶去。（院子應下）（末）老伯請上，待小姪一拜。（末拜生）（生答拜掩淚云）我今日對賢姪呵，想起良友舊丰儀。

傷心墮珠淚。我看你身藍縷。面憔悽。必是抱窮愁。少生理。

前腔（末掩淚）（唱）親雙逝。兒早遺。枯魚涸轍近死期。（生）可憐你別無所靠（末）范叔苦無知。靈徹有誰濟。這是貧和賤。天所爲。待強求罔勞悴。

（生）我正欲差人來尋賢姪。幸得見過。你且少待（生下即手持一紙封上）

（前腔）（生）賢姪。令尊在日。銀能鍊。術最奇。（末）小姪也曾聞得有此說。（生）令尊臨終。見你年幼不可托。他將方書自鏹納我衣。（末）這許多年來。老伯何不將銀子用了（生）遞與（介）君試驗封題。收歸做生計。（末）小姪得此方書。一生喫着不盡。這銀子老伯留用。畧表先父初心（生）倘若吾貪愛。便不告訴伊。語云。一死一生。乃見交情。我怎肯失交情。重財利。

【前腔】（末）公高義。山斗齊。（拜天云）上蒼上蒼，我范希文老伯有此仁德，願他多福多壽多男子（轉身拜生云）華封三祝副所期。倘若亡父九原知。定然啣環報來世。（生）區區小事，何足掛齒。你將此物攜歸，儘可度日。（末）辭恩相。歸手攜。你與我這一封兒呵，似裴還帶。宋渡蟻。

【孝順歌】（丑扮王堪輿方巾青衣上）青囊術。精者稀。范爺在家麼。（末）呀，有客來了，小姆且告退（急下）（生見丑介）先生何來。（丑）我是當年郭璞傳授奇。（生）原來是位堪輿，尊姓。（丑）王姓諱天倪。（生）貴處。（丑）江西住吉水。（生）到舍下有何見諭。（丑）羨君晝行錦衣。試將你門第詳看。知你從今多貴。（生）身叨甲第，已為僥倖，敢望其他。（丑）我無意干求。豈故來虛美。

【前腔】（生）這榆枋地。只合斥鷃棲。窮通貴賤難預知。（丑）此地三台八座、科科有人、明公倘不信、請留一券以待後驗何如(生)吾門子弟有限、那得這許多人來登科(丑)術上亦據理而言、明公幸勿見訝(生)倘你**言語不相欺。**果是**福星照斯地。**但我**心田未培。**那**四世三公。**也**無緣能繼。**(丑)明公現有賢郎這事却料不定(生)不如將此宅捨為府學待他們**起鳳騰蛟與國為祥瑞。**

(丑)常言道未看山頭土、先觀屋下人、明公只此一念必然代出公卿、術士告辭了、此宅鍾靈秀君休棄擲輕(生)但存方寸地、留與後人耕(生)方轉身送丑(丑下)(淨扮鬼大叫一聲跳上)(生驚回喝云)是何物敢白晝橫行如此(淨)吾乃威靈大王、因汝不听夢中之言、堅要贖吾廟宇、昨已將汝新生之子魘死汝尚不知畏耶(生)咄范希文生來不畏妖邪、廟是我家故地怎肯讓你、我如無子之分、便將純祐純仁都魘死何妨(淨背云)好氣槩、好氣槩我將死號不動他、只得哀求便了(跪云)公父子不日拜相吾安能害之但小神依棲既久無處可歸望恩相開天地之心、留賜殿宇數間、陰德無量(生)你既許此衷情言詞哀惋我許你一箭之地(淨起背云)一箭百步儘可容身(轉拜生云)謝恩相一箭之賜(跳下)(生)院子那里(院子應上)相公有何使令(生)取箭付院子云你可往本坊威靈廟前將此箭四方量一箭之地盖座小廟遷神主于中其他殿宇盡行折毀休得容留(院子)理會得(生)知命輕生疚(院)無私伏一鬼神(同下)(淨哭上)苦哉苦哉好好一座廟宇赫赫赫一位靈神却被范公驅逐許我一箭安身只道遠包百步誰知三尺三分香爐難放一個從今禱祀何人衰退的是我時運興旺的是他子孫(內)你改怨他麽(淨)若非他宰相度量定教我進退無門奉勸人休要爭田奪地試看我這受局促的惡鬼強神(哭下)

第十一齣 倡亂

越調用寒山韻

引子(霜天曉角)(丑扮趙元昊金幞頭蟒衣玉帶雜扮軍卒旗幟鎗刀上)(丑)江山無限盡入英雄眼麾下長驅番漢乾坤席捲何難

瑯嬛堂編　三祝記　卷一　二十一

(西江月)生就虎頭燕頷，胸藏豹畧龍韜，拔山舉鼎氣雄豪，常笑桓文業小，只要權歸掌握，等閑弄起兵刀。欺孤弱寡任人嘲，一統山河新造。自家大夏皇帝趙元昊是也。俺祖宗本出帝胄，當東晉之末運，創後魏之初基。遠祖思恭，樹動于唐，賜姓李氏，祖繼遷納國于宋，賜姓趙氏，世操兵柄，冊爲夏王。吾父德明，因受趙恩，不忍相背。我想英雄之生，不王即霸，豈可俯首屈膝于人。今聞真宗晏駕，皇帝尚幼，太后臨朝，權臣用事，此機會最不可失。況我韜略素閑，兼有十二州之地，若與屬羌協力舉事，取宋室易如拉朽。昨已正了帝號，只待諸羌到來，即便起兵南侵，正是先聲已奪三軍氣，一着戎衣天下平。

過曲(水底魚兒)(小淨小丑外末扮四酋長各執器械舞上合唱)道路間關，他威行鎮白蠻。欲將中原侵犯，協力搗長安。

(小丑)自家秦鳳酋長是也。(小淨)自家環慶酋長是也。(外)自家綏州酋長是也。(末)自家延州酋長是也。

(小丑)俺們奉大夏皇帝之命，各提本部人馬，前來聽候征伐，已到都城，將人馬札駐城外，入見聖駕候旨。(衆)是如此。(進見跪介)(小丑)秦鳳環慶綏延二州酋長，帶領本部人馬見駕。(丑)諸羌到來，我聞順天應人，兵不血刃，天與不取，反受其殃。即今宋室主幼，奸臣弄權，吾欲起兵奪取城池，混一天下，但恐力寡，不易成功，汝等各提本部人馬，協力征進，成功之後，列土分封，永爲藩屏，休要逗留，自取誅戮。(衆)得令。(小淨)萬歲爺起兵，環慶酋長願爲鄉道。(丑)好好，就該封你爲開國元勳，秉令日良辰，起兵前去，你們聽我道，

【豹子令】我僻處西方心豈安。心豈安。怎(背)容人臥榻睡聲鼾。睡聲鼾。老天生我英雄漢。決然一戰定江山。(合)管教齊唱凱歌還。

【前腔】(小生)(外、末)莫笑區區是小番。是小番。金戈鐵馬雪霜

寒。雲霜寒。各驅部落遵王命。南朝百姓盡摧殘。（合前）

（前腔）（小外）我智力過人非等閑。非等閑。願爲鄉道不辭艱。不辭艱。功成茅土君休惜。麒麟閣上占先班。（合前）

（前腔）（丑）我分當爲天可汗。天可汗。佽伊鄉道入長安。入長安。大家若肯併心力。橫行海内没遮攔。（合前）

（丑）宋室當亡我國興　（衆）鼓笳百里列軍營

（丑）鞭稍指處風雷捲　（衆）齊晉燕秦一邏平

第十二齣　内遷　　仙吕用江陽韻

引子（天下樂）（外扮韓稚圭忠靖冠服背褶末扮院子隨上）（外）循吏名垂漢史芳。郡城五馬坐黃堂。分符我亦關民望。撫字何能答廟

廊

善政多才寵寇恂，滿城雲樹待行春。自憐黃閣綸音在，不厭彤幨出守頻。下官自淄州通判，歷陞大名府知府。且喜到任以來，德化萬民，威行四境，豪強斂迹，也不須辱示蒲鞭，禮讓成風，到處出聲傳弦誦，何敢望循良之績，或可免貪墨之誅。今日訟庭休暇，院子，可請夫人小姐出來。（末應下）

引子（鵲橋仙）（老旦扮韓夫人上）青山當戶，郡齋閑敞，雅稱妻隨夫唱。（小旦扮女韓氏，丑扮丫鬟隨上）（小旦）手拋針線出蘭房，正庭下鳥鳴花放。

（老旦、小旦見外介）（老旦）相公，你案牘倥傯，苦累身（小旦）丹心一點達楓宸。（外）居官幸際風雲會，食祿當酬雨露恩。夫人，我請你子母出來，別無話說，我念女孩兒年紀漸長，你閫範不可不嚴，令門教訓成人，他日到人家好做媳婦。（老旦）這事妾身盡知，不勞囑付。我想當初范親家未遇之時，相公有何

所見便把女孩兒許聘與他兒子(外)夫人你不知那范希文未中之先，

(過曲)(醉羅歌)困守困守顔回巷。學造學造仲由堂。餘似伊尹當年勵冰霜。早已係蒼生望。我與他情同管鮑。形骸兩忘。自合姻聯秦晉。蒹葭借芳。誰知他兒生膝下。又有崢嶸相。也不須冰人說。月老商。自遴佳壻在東床。

(前腔)(老旦)相公，我女孩兒呵、西子西子難形狀。德耀德耀並貞良。刺繡描鸞掩紗窗。我怎肯半步兒容疎放。今朝窈窕好逑。㦲揚他年蘋藻。婦儀用彰。不枉了良緣中雀在金屏上。相公，妾身只慮一件(外)夫人慮甚麼(老旦)不知那范郎呵，着青雲業可紹芳。(外)我看范郎功名，不在乃父之下(老旦)不願看池上鳳毛翔。

前腔（小旦）爹爹、列女列女遺編講。中饋中饋細參詳。孩兒將素手纖纖學縫裳。把四德都敦尚。（外）我兒、自古道婦人不出閨門。若北鷄晨鳴、惟家之索。蛾眉螓首、自合深閨閑藏。怎做得桑弧蓬矢男兒四方。（小旦）爹爹、我是家尊嚴教難遺忘。孩兒只願台星耀。婺宿光。雙親福祉似川長。

（末急上）採風已獻甘棠詠、使命遥從帝里來。稟爺爺、王相國聞爺治郡有聲、上疏首薦、朝廷召拜司空兼侍中、中書省特差官吏前來請爺赴任。（外）待我出去相見。（外末虛下）（老旦）我兒、你爹爹有此榮陞、也不枉了勤勞三載。丫鬟快備酒筵稱賀。（丑應下）（外末上）（外）夫人、原來是宰相王曾所薦。他有書來、道朝廷多事、即日要我上京。院子、你去收拾行裝、擬夫馬三日後起行、休得違悮。（末）理會得。（下）（丑持酒上）薦剡推蕭相、恩波出漢宮。稟夫人、酒筵已備了。（老旦）聞相公高遷、一杯稱慶。（外）夫人、生受你。（老

（旦送酒介）

〔排歌〕（老旦）你是調鼎鹽梅。擎天棟梁。九重簡命輝煌。不堪臥轍共沾裳。遺愛從今恐伐棠。（合）蒙槐宰薦廟堂司空應召上仙航。琴還挈鶴並翔。宦遊清白少行裝。

〔前腔〕（小旦送外酒唱）入座榮遷。一門寵光。承懽滿捧霞觴。椿庭雨露正汪洋。萱室鸞封下建章。（合前）

〔前腔〕（外）召杜難齊。龔黃怎方。賢聲謬配循良。誤恩此日慶非常。願竭葵心報聖王。（合前）

（外）夫人酒筵撤了罷

（外）點檢行囊莫暫停　（老旦）天風吹上九重城

（小旦）去思碑定傳千載（合）此日驪歌不忍聽

第十三齣　忤相　正宮用齊微韻

（雜扮黃門冠帶執笏上）雞鳴紫陌曙光寒，鶯轉皇州春色闌（小生扮余靖朝服執笏上）金闕曉鐘開萬戶，玉堦仙仗擁千官（末扮尹洙朝服執笏上）花迎劍佩星初落，柳拂旌旗露未乾（合）獨有鳳凰池上客，陽春一曲和皆難（雜）下官黃門劉欽是也（小生）下官秘書丞余靖是也（末）下官太子中允尹洙是也（合）列位大人請了（雜）今日早朝，天色初明，駕未陞殿，我輩且在五鳳樓外伺候（小生）遠遠望見范諫議出使回來了（生冠帶持節上）躬承德意下楓宸，遠濟瘡痍十萬民，但得葵心長向日，何妨鬢足未離塵，下官往江淮賑濟而回，入朝復命，列位大人請了（合）范大人請了（小生）希文此歸，不獨王事賢勞，亦且民生再造，聖心眷注，不卜可知（末）范大人才優經濟，氣薄雲霄，異日位居端揆，信能致君堯舜（生）承二位大人過獎，端揆之位，仲淹非所敢期，但志在先憂後樂，焉做得固寵欺君，列位大

人聽下官道

（北端正好）俺那裡有濟川才。凌雲氣。也不敢將功名望舊日周伊。立朝慷慨全忠義。誓不把後樂先憂背。

（滾繡毬）俺頭戴着儒者冠身穿着儒者衣。歷三冬。把詩書強記。隔千秋將孔孟歸依。剖分開邪正途。參詳透理欲幾。既然做丈夫頂天立地。也須學聖賢蹈矩循規當日個讀書不為求安飽。今日個登第還應報主知。節操似松栢難移

（小生）聞大人做秀才時。便以天下為己任。既登仕籍諒不改變初心。可將歷任以來。大槩試說一遍

（前腔）（生）俺初除在集慶軍法紀修。繼遷來大理寺聽斷宜。又蒙

晏侍郎薦咱爲秘閣校理，俺權着開封府，把風節堅持，俺諫的是宋天子將土木停。俺諫的是劉太后將政柄歸，俺諫的是冬至朝君同臣體，俺諫的是楊太妃母號凌逼，誰知道九重天上忠難諒，千里河中謫敢違，只落得戀闕夢飛。

(末)希文既然出判河中，卻是誰人薦居今職。

前腔(生)幸得霽天威獨賜環，登諫垣司舉劾，俺只怕緘着口蚳蠹職瘝，慮甚麼漢朱雲折檻身危，懼宮邪國祚搖，畏民窮邦本離，忽聞得徧江淮米珠薪桂，滿京東旱魃蝗飛，俺做了開倉汲黯遙持節，還待做行部張綱不畏狸，今日個復命丹墀。

（黃門）遠遠望見呂相國來了（淨金幞頭朱衣執笏上）九成初日照蓬萊閶闔千門萬戶開佩劍聲隨玉墀步祝堯嘉氣藹樓臺（生末小生黃門迎見拱手介）老相國請了（淨）列位先生請了（內鳴鐘鼓介）（黃門）呀殿上鐘鼓齊鳴聖駕升殿了須索朝見（同進介）（黃門贊云）各官排班行禮（淨末小生舞蹈叩頭各報官銜姓名俯伏介）（黃門）各官無事奏聞退入本班（淨末小生呼萬歲起立介）（黃門贊云）出使官復命（生舞蹈叩頭俯伏介）臣右司諫范仲淹奉命賑濟江淮京東歸拜還符節（黃門接節云）聖旨道來江淮京東民作何狀卿行過救荒之策一一奏聞

（小梁州）（生）萬戶傷心歎阻饑聽不上哭哭啼啼夫逃妻散覓衣食生無計（臣怎忍他）填溝壑在須臾

（么篇）（他不做）移民移粟驩娛惠急開倉寒谷春回禁淫祀蠲征稅免閭閻憔悴（一個個）戴堯舜樂雍熙

（黃門）聖旨道來，救荒一事，仰體朕心，深可嘉獎。昨御史中丞孔道輔言遷都西洛，廷議紛紛，朕意未決，卿宜酌量奏聞。

【耍孩兒】（生）臣啟陛下，承平休建遷都議。論定鼎非輕可移。將洛陽與汴較從違。審時度勢纔知汴梁夷曠難為守。西洛關河好避敵。愚臣意世安都汴。遷洛防危。

（黃門）聖旨道來，范仲淹所奏，不識呂相國以為何如。（淨跪云）臣啟陛下，范仲淹迂闊務名無實，此議決不可從。

【三煞】（生）臣抱着社稷憂不是迂。臣獻着忠讜言非敢欺。這呂平章呵，那些個忠君愛國得與皋夔比。臣有四論上瀆宸聽。（黃門）那四論。（生）一曰帝王好尚，二曰選賢任能，三曰近名，四曰推奐。朝廷忠佞須當辨人主權衡未可移。論相道關非細。倘若些兒偏聽。萬務皆隳。

（淨）臣聽仲淹所奏、句句侵臣、不知臣有何負于朝廷、乃被仲淹斥辱如此（生）你身爲執政、專樹私門植黨欺君、豈不大負陛下恩眷、臣有百官圖、進呈御覽（袖中出圖黃門接上介）

（二煞）（生）論古來進用人。誰不將資格依。他今日門墻任意栽桃李。腹心盡列公卿顯。骨鯁終淹郎署卑。少公道。多猜忌。願陛下明防煬竈。治效垂衣。

（淨）臣啓陛下、仲淹譏刺時政、離間君臣、難逃斧斷臣願放歸田里、以謝仲淹、臣不勝惶悚之至（黃門）奉聖旨范仲淹罷知饒州呂相國照舊供職、不准所辭（淨生呼萬歲叩頭起介）（小生跪介）臣余靖上言仲淹前所言者、在陛下母子夫婦、尚蒙優容今以一言忤宰相遽加貶竄、恐鉗天下口、臣請追改前命（淨跪云）余靖與仲淹朋黨乞賜聖裁（黃門）奉聖旨余靖黜監筠州酒稅（末跪云）臣尹洙上言仲

淹忠亮有素，臣與之義兼師友，實係仲淹之黨，罰
難獨逃（黃門）奉聖旨，尹洙黜監虔州酒稅，各官退
班（淨末小生叩頭起介）（小生末揪淨罵介）老匹夫
我兩個落了職，何足介懷，只是范諫議如此忠良
被你摧抑，我恨不一笏擊殺你（黃門勸解云）事出
君命，非相國所爲，二位大人休傷和氣（淨）你輩不
看體面，將我廷辱這一塲，由他由他，恨小非君子，
無毒不丈夫（黃門扶淨下）（生）下官孽由已作，放黜
甘心，只是連
累了二位，

【一煞】他那些個包乾坤度量寬，理陰陽調燮奇，唇鎗舌劍
天生利。俺錯認他做吐哺握髮今賢宰，乾送了俺結綬彈冠兩
故知。歎星散人千里，今日個孤身去國，何日是遷客歸期。
（末）希文，你我今日雖遭此謫，想見諒者必多，那匹
夫縱然安享榮華，難逃清議（小生）他正是不能流
芳百世，亦且
遺臭萬年，

【煞尾】（生）他冰山難久常。俺蘭交不改移。這回免不得董狐字向毫端記。俺們且各自歸家去辦行李。

（同下）

第十四齣　同謫　仙呂用尤侯韻

【引子】【似娘兒】（外扮歐陽修冠帶素服雜扮從人隨上）（外）直道古難投。湘潭放魚腹堪憂。誚他尸素無能救。空懷慷慨。翻遭罷斥。同抱離愁。

誤將鳴鳳認爲鴟鴞。放逐羣賢。豈聖朝口舌欲爭翻墮計。孤臣回首隔雲霄。下官集賢校理歐陽修是也。自起賢科。叨居史館。浩氣常伸宇宙。直聲屢震朝廷。爭奈時相專權。每每中傷善類。昨因范希文諫遷都意。左奏降饒州余秘書。尹中允上言相救。他又指爲朋黨。同時落職。我想夏竦身在諫垣。鉗口結舌，分明是附勢妨賢。下官一時不平，遺書責他，不復知人間有羞恥事。誰知那廝令早將此書申奏官里，貶我爲夷陵令，限即時出城。哎，正是白首相知猶按劍，朱門先達笑彈冠。手下，我與你趲行幾步。（行介）（從人）呀，後面又有一位老爺來了。

【引子】【金瓏璁】（生冠帶素服上）旅情難自剖，辭都遙問饒州。（小生末急上叫云）希文，候我同行。驅逐緊，敢淹留，天涯飄泊遠，何日重對宸旒。（合）應歎息此生浮。

（相見拱手介）（生）二位大人往時遷謫，諸公任意出都，不似今番促迫，却是爲何？（小生）這必是那廝恐臺省上疏乞留，故此不容少待。（末）夏竦韓瀆俱是他心腹之人，固寵不暇，誰肯顧惜吾儕。（小生）呀，前面好似歐陽永叔，我們行上前去。（外回顧云）原來是三位大人。（生末小生問云）大人將欲何往？（外）呀，諸公尚然不知，下官昨因列位被黜，貽書切責夏司諫，不能救他，令早將書封奏朝廷，貶我爲夷陵

令因此驅逐不許暫停不期還得一會（衆）原來如此兀的不貽累大人也（各掩淚介）

過曲（八聲甘州）（外）忠臣義友這同時放逐光照千秋俺只怕多賢去國那羣枉盤據綢繆須知太阿難倒授九鼎遷移不易收（合）淚流滿胸藏宗社般憂

（前腔）（生）招尤這長途奔走是批鱗逆耳吾心甘受諸公才望應指日名覆金甌都只為朝爭杜伯遭天譴怎忍你夕貶潮陽冒雪遊（合前）

（外）列位知蔡石二公詩乎（衆）不知（外）館閣校勘蔡公襄適間作四賢一不肖詩直講石公介又作慶曆聖德詩一時人爭傳寫契丹使者買其抄本而歸（丑末小生）既有如此公議我輩不枉千里投荒

（淨小生）奸雄枉用謀這流芳遺臭青史兼收他捐廉

棄恥向權門把富貴貪求。全不知口誅筆伐是詩人句。
隴上播間識者羞【合前】
【生】列位恐天色易晚，趲行一步【衆應行介】
【前腔】【末】齊驅擁道周。見君門日遠，親舍雲浮，如弦路直，卻怎生心曲如鉤。豺狼豈容當道立，霜露寧甘萬里投。【合前】
【外】我輩今宵聚首，明日便為東西南北之人，可勝歎息【小生】君心稍回，料不久便得相會，
【尾聲】【合】流離顛沛情偏厚，不羨當年李郭舟，總為浮雲蔽日愁。
【生】憑將口舌欲回天　【外】博得詩人頌四賢

（小生）聖代祇今多雨露　（末）暫時分手各風烟

第十五齣　造陷

南呂用真文韻

過曲（香柳娘）（下淨扮韓御史上）掌西臺諫臣。掌西臺諫臣。霜威

獨震。豸冠驄馬人推遜。感端揆厚恩。感端揆厚恩。肺

腑托相親。顏詞要承順。怪狂生不倫。怪狂生不倫。摇

舌鼓脣。將猱朋构引。

下官御史韓瀆是也、呂相國何等威權、那范仲淹全不自量、卻沽名釣譽、出位妄言、帶陷得余靖尹洙也都謫降遠方去了、好笑那歐陽修、干你甚事、也將夏諫議譏誚一場、自取罪譴、幸得不曾傷犯着下官、連日未見夏諫議、且去望他一望（行介）呀、遠遠來的好像是他、我且閃在這邊看他卻往那里去、

【前腔】（小丑扮夏諫議上）寄諫垣此身，寄諫垣此身。心非猜狠，只是無端受謗，啣寃恨，他今爲放臣，他今爲放臣。我削草要除根。隄防退還進。（小淨撞上）夏大人，難道削草除根，心還不狠？（小丑驚介）呀，這話被公聽見，我瞞不得你了。（小淨）公如今欲何往？（小丑）向恩東面陳，向恩東面陳。尚此謀得伸，我與你終宵安枕。

（小淨）小弟意正如此，此令乘着相國未進朝，我兩人快去，快去。（虛下）

【引子】【生查子】（淨扮呂相便服，雜扮堂候官隨上）（淨）位望列三台，咫尺龍顔近，生殺掌中操，誰不輸誠悃。

平章政事壓羣僚，玉帶朱衣立聖朝。炙手功名人喪胆，狂狙輕把虎鬚撩。堂候官，如韓、夏二臺省到來，即便通報。（雜）理會得。（小淨、小丑上）天上神仙府，人間宰相家。早已行來，煩堂候通報。（雜）老爺正問二位哩快請進（小淨小丑見跪介）門下夏竦韓瀆參見（淨）二位請起（小淨小丑起揖侍立介）（淨）俺自前日被那夥禽獸誣毀雖皆黜降氣猶不平二位先生必有奇謀何以教我（小淨）韓瀆替恩相惱了數日寢食俱忘並無甚麼計策（淨）這纔是休戚相關多感多感（小丑）小官思得一計正來奉稟（淨）你說你說（小丑）余靖尹洙歐陽修素與恩相無讐前日饒舌皆范仲淹唆使若不殺了仲淹禍根還在（淨）要殺仲淹何難只恐廷臣不服（小丑）小官籌之熟矣方今趙元昊謀反勢甚猖獗朝廷欲選將與師恩相明日表奏仲淹爲環慶路經畧招討使以平元昊這所謂借刀殺人又顯得恩相以德報怨此計何如（淨大吐介）妙哉妙哉我不日薦你爲京堂決不失信（小淨）恩相仲淹雖該殺他黨與尚衆請書他朋黨揭之朝堂以戒百官越職言事（淨）更有理更有理（小丑）要書朋黨寫蔡襄石介爲首（小淨）這足官報私讐了

（淨）【瑣窗寒】論朝中我獨稱尊做下僚當敬大臣不思安

分惹火燒身投荒千里難消咱憤待將他碎身虀粉
（合）薦伊爲將統三軍誰招塞外遊魂
（前腔）（小丑）恨 奸雄附和成羣漫揮毫將清濁分到今日藍
關雪擁進退無門家山迢遞誰傳音信悔當初安開
唇吻（合）管伊無路逐征輪誰招逆旅遊魂
（前腔）（小淨）念 仲淹植黨欺君數年來布要津倘煽餘燄
玉石俱焚羅鉗吉網急須安頓免他們暗相援引（合）
自今下令錮終身誰招林下遊魂
（淨）欲將奸黨誅　仗爾高賢計
（小淨）（小丑）人無害虎心　虎有傷人意

第十六齣　多男　黃鐘用蕭豪韻

引子（西地錦）（生冠帶素服雜扮從人隨上）（生）觸忤權奸遠謫，回頭戀闕心遙。馬蹄歸向家山道，塵土染盡征袍。

任愚多苦口，幽遠獨甘心，言路有餘責，權門無去音，忘憂曾和易，思古即援琴，此意誰相和，寥寥鶴在陰。且喜已到家門，手下快入通報。（雜向內報云）稟夫人，相公老爺已回來了。（旦同末小生應上）

前腔（旦）諫議朝應起草，因何遽返星軺。（末小生）小椿庭雛喜承權笑，愁看行李蕭條。

相見介（旦）相公在朝，杳無信音，正欲命孩兒修書奉寄，不知你卻因甚歸來。（生）夫人，一言難盡。

過曲（降黃龍）我司諫當朝，欲報君恩，怎肯迷邦懷寶。（旦）你先憂後樂之志，我一向諳得，這何必言。（生）恨元臣柄國，威福專權，禍胎非小。

〔旦〕相公、既是奸相弄權、你就該彈劾他了。〔生〕我與他廷諍一番、那鴟鴞。把宸聰蒙蔽。枉直竟無分曉。犯天威饒州遷謫。罪我出言浮躁。

〔末〕爹爹以忠見疑、難道在廷無一人相救。

【前腔】〔生〕那余秘書尹中允、他是賢豪。擊目傷心。兎死狐悲。抗聲廷表。〔旦〕朝廷如何不從。〔生〕那老賊誣爲朋黨。同謫遐方。覆盆誰照。〔小生〕爹爹、這時臺省怎麼不言。〔生〕到不提起臺省也罷、那韓御史夏諫議、呵貪饕。冰山方倚。怎敢些兒違拗。次日歐陽承叔以書切責夏諫議、反被他連書封奏降夷陵郎時驅逐。別離中道。

【前腔】〔旦〕堪褒。你折檻當廷。射隼高墉。只要奠安廊廟。使辭家去國。道路間關。落得史書光耀。你有此忠義、怪不得張生祝你多福

多壽多男子、現如今同胞。兩兒並誕。不羨燕山竇老。(生)呀、你近日一乳生二子、令丫頭抱來我看(淨丑、扮丫頭各抱一小孩上)(淨)滄海雙龍種(丑)丹山兩鳳雛、二位小官人見爺爺(生)看(介)兩兒頭角不凡、可喜可喜(旦)相公請命一名(生)思云三兒可名純禮、四兒可名純粹(淨丑)老爺令朝已應多男祝、他日還期福壽齊(淨丑抱兒下)(旦)願諸兒書香早繼。世全忠孝。

(生)純祐、自我別後、將你入郡庠的事、說與我听、

(啄木兒)(末)爹爹听禀、孩兒遊庠序。友俊髦。欲薄俗還醇、將經義討。喜明師敦尚風裁。我首諸生恪守科條。非兒克已身先肖。誰教多士爭相效。因此上濟濟宮墻各樹標。

(生)純仁在家、却做些甚麼功夫

(前腔)(小生)爹爹听禀慈親側。敢暫拋挿架圖書昏共曉。(生)你讀書

意欲何爲（小生）且學成滿腹經綸，待他年出佐唐堯。（旦）相公，你看純仁孩兒這帳頂，黑如墨色，是他夜間讀書燈烟所薰。（生看介）古人道，學向勤中得，你如此發憤，何患功名不成。（小生）聖賢堂室原精奧，吾儒學問須深造。上 因此黃卷青燈不憚勞。

（賞宮花）（生指末唱）真儒志操，齒雖卑詣獨超。想你他日出仕呵，砥柱中流節，重清朝。（合）謝氏芝蘭今已茂，于公門閥自宜高。

（前腔）（生指小生唱）憑着你窮經任勞，董生帷燃夜膏，定向龍門下奪先標。（合前）

（生）夫人，江東庄上所積麥約有四五百斛，曾載來家麽？（旦）不曾差人去。（生）純仁，明日帶小厮覓一舟

去載來（小生）謹遵嚴命、

（尾聲）（生）書生暫輟囊螢照。載麥歸來駕小舠。（小生）有事應須子服勞。

（末）扁舟往返受辛勤（小生）膝下何堪別二親

（生）莫道成人不自在（旦）須知自在不成人

第十七齣 麥濟 越調用江陽韻

（引子）（金蕉葉）（老旦扮石曼卿孝服上）痛傷痛傷。恨窮途連遭衆喪。天獨向逆旅淒涼。人謾憶故園惆悵。

屋漏更遭連夜雨。行船又遇打頭風。我石曼卿世居北方、攜家僑寓東吳、正欲還鄉、行至丹陽、父母與妻房一時病故、盡將行囊措辦衣棺、那得有盤纏扶柩歸去、淹留歲月、如之奈何、鬱鬱無聊、且向

河邊閑步，則

個（徐行介）

引子【霜蕉葉】（小生領從人丑扮梢水撐船上）（小生）心懷慨慷，義氣時堪仗，

爲奉嚴親命往，麥收來載滿吳航。

小厮，你看那岸邊好像石相公的模樣（從人望介）

果是石相公（小生）他因何在此，快撐船就岸，與他

相見去（登岸迎見介）（石）先生拜揖（老旦）呀，原來是

堯夫聞尊翁出守饒州，已曾到家麽（小生）家父便

道歸家，尚未赴任，敢問先生別來日久，

却在此處何爲（老旦掩淚介）一言難盡

過曲【小桃紅】我攜家歸路入丹陽，猛可裏天災降也，摧

折椿萱，打散鴛鴦，痛楚裂肝腸。怎當得一時間遇三喪，

我解行囊，備衣棺。那得個佳城葬也，暫將淺土埋藏。我控

訴無門進退沒路，因此上朝和暮但徬徨。

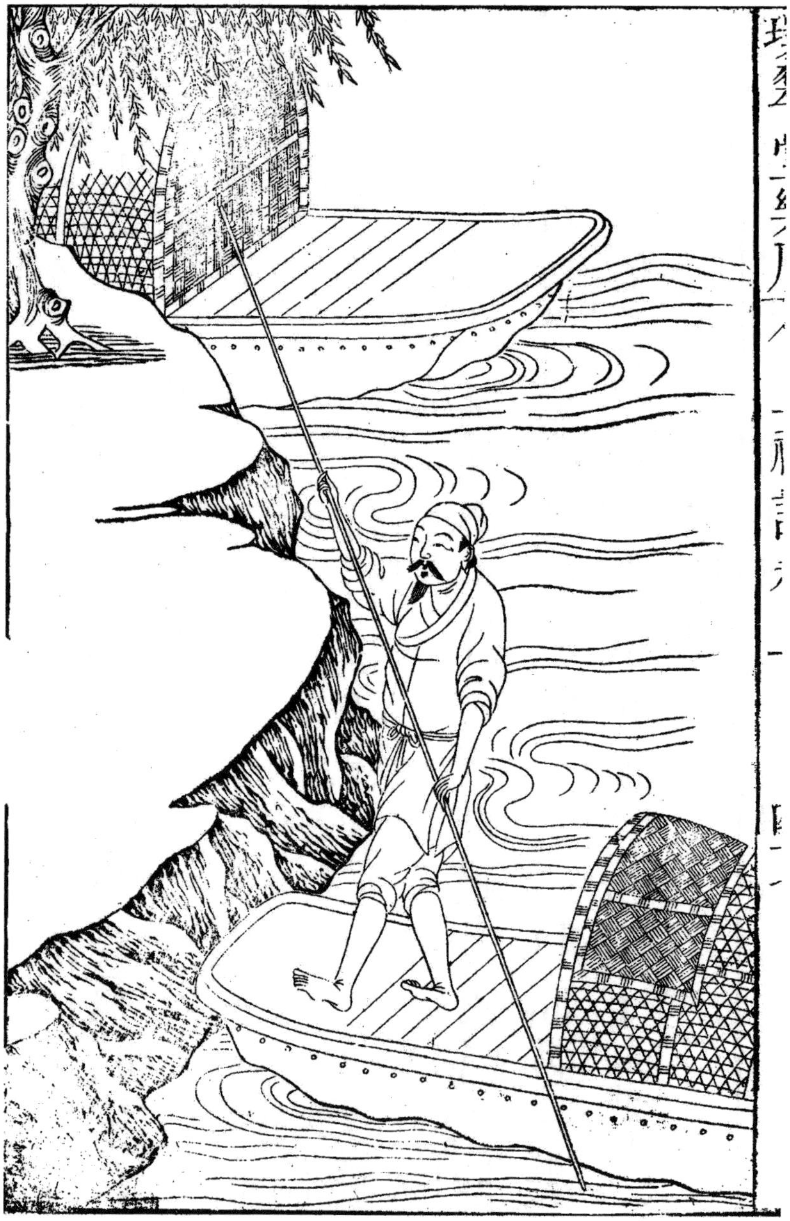

【下山虎】〔小生〕聞君言語。弟洒沾裳。你峙屺何堪望、斷絃又傷。只落得泣血窮途。不能勾招魂故鄉。當不過這本落猿啼古道旁。你若了一百感生凄愴。終天恨長。也須要祔葬家山種白楊。

〔老旦〕不肖非不欲扶柩歸里、恨無可與謀者〔掩淚介〕〔小生〕先生休得過傷、純仁承父命、特來收麥、令載得五百斛于舟中、願盡奉先生、賫做盤費、扶柩北歸、免得三喪暴露、逆旅淹留〔老旦〕呀、載麥出令尊之命、我何敢輕受此惠、使足下得罪于令尊〔小生〕家父與先生情逾同氣、義合通財、脫驂應效仲尼、捐金肯慚元振、但請直受、幸勿過辭〔老旦〕死骨沾恩、免做他鄉之鬼、銘心圖報、恐爲背德之人、權此拜嘉、容當踵謝〔拜小生〕〔小生答拜介〕

【憶多嬌】〔老旦〕你年正芳。義可揚。濟難恩周存與亡。我結草蛐環情敢忘。〔合〕分手河梁。分手河梁。別淚同揮夕陽。

〔前腔〕〔小生〕你休因骨肉傷。休憂道路長。旅櫬扶歸桑梓鄉。我曾羨馮驩市義，小生今日呵載義勝如載稻糧。〔合前〕

〔小生〕小斷可將行李挑上岸來，叫船家將麥聽從不相公變賣〔從人〕此處到家，尚有許多路程，相公怎麼走得去〔小生〕你僱一匹馬，我取捷徑而行，從人〔人〕理會得〔老旦〕回府致意尊翁，不尚歸完葬事，即來拜謝賢橋梓〔小生〕就此奉別

〔尾聲〕〔老旦〕你把麥舟看做一芥輕拋漾。陰德知君世必昌。〔小生〕瑣事何能格上蒼。

〔小生〕生離死別歎孤身　〔老旦〕何幸扁舟遇故人

（老旦）惟有感恩並積恨　（小生）萬年千載不生塵

第十八齣　敘別

仙呂用庚清韻

（引子）（唐多令）（生便服上）膝下誕寧馨、傳家守一經。（旦上）難兄難弟學皆成、信是懷珍待聘。（末上）戀親舍、薄浮名。

（浣溪沙）（生）一封慷慨奏承明、誰料饒陽夕服行、離家去國不勝情。（旦）報主孫忠召物議、課兒文字占時名。（末）丹霄萬里是前程。（生）夫人、自純祐孩兒入了郡學、多士向風、時名籍籍、朝廷開科、郡中將他弟兄兩箇名字、俱轉申去了、只待純仁孩兒載麥歸來、便當治裝前去。（末）爹爹、孩兒只願敦尚風節、不喜應舉求名。（生）說那裡話、始于事親、終于事君、這止是讀書的事、我且問你、今早入學、斯師與諸生講那一章書。（末）講的是君子篤於親、則民興於仁、故舊不遺、則民不偷。（生）我兒、你志欲敦尚風節、只此兩句、便見大旨。夫人、我備蒙聖恩、不棄任用、數年、稍積俸金、當爲宗族置一田宅、以篤親親之

恩。我兒便是那故舊有急。亦須周濟。你聽我道

過曲（桂枝香）心交當訂。勢交休競。羨相知管鮑無雙。論義氣范張難並。他們都扶危濟傾。扶危濟傾。真個是死生依命。更不說黃金能贈。你若遇良朋須念燒眉急。休忘刎頸情。

（末）孩兒謹遵爹爹教訓

（不是路）（小生乘馬雜扮從人挑行李隨上）（小生）歷盡山程。下馬停鞭小犬迎。（下馬介）我欲回親命。把衣塵拂去入家庭。呀。爹媽同哥哥正在堂上。（從人下）（小生進見拜介）爹爹媽媽孩兒回來了。（生旦）我兒道路辛苦（小生）孩兒理當。哥哥拜揖。（末）兒弟免禮（生）我問你爹救了多少來（小生）手親經。斛來五百無餘剩。載向

扁舟破浪行。(旦)五百斛麥儘勾用了(生)堪支應。眼前旱魃爲災眚。

且把貧宗相贈。貧宗相贈。

(生)你此行曾見故人乎、

(前腔)(小生)孩兒行至丹陽、順水揚舲。岸上相逢石曼卿。(生)呀、他在那里做甚(小生)他身孫另。三喪未舉旅寬驚。淚盈盈。時無元振將危拯。因此留滯丹陽獨愴情。(生掩淚介)可憐可憐、曼卿不幸遭此、令人聞之酸鼻、你當此時、何不將麥舟付之、(小生跪云)孩兒一時得罪、違爹命。念伊不得還鄉井。盡將麥舟相贈。麥舟相贈。

(生扶介)我兒起來、我方纔正與純祐講吾儕當心存博濟、故舊不遺、你今將麥舟付與曼卿、正合吾意、可喜可喜、(旦)相公你向日將囊金封還張子、純仁今日將麥舟賑濟曼卿、這纔是一脈相傳、何愁

皇天不祐（小生）母親古人說道則責成于己養[illegible]
聽命于天孩兒怎敢過望（雜扮院子急上）稟爺本
府差人送朝報在此（生接念云）中書省接出聖旨
趙元昊作反勢甚猖獗陞知饒州范仲淹爲環慶
路經略招討使以平元昊差官賫勅印與他我知
道了着他去罷（院子應下）（生）夫人我方待罪饒州
不意又叨軍國重任（旦）相公妾聞元昊勢大恐未
能易平（生）夫人六韜三略是畢人幼習之書此行
諒亦不辱君命純仁朝廷開科取士部中已將你
弟兄名字申報上司你兩人作速入部我自往環
慶便了（末）孩兒原無志科名况爹爹遠節邊方孩
兒不忍遠離膝下願以身隨之望爹爹俯听（旦）大
孩兒此說有理可令純仁應試京師就婚韓郡純
禮隨相公環慶去（生）夫人可爲我滿下行裝待朝
使一到即便起
行（旦）理會得
（長拍）（生）赫赫王師赫赫王師煌煌君命將我開府建牙
邊庭使天威遥往管諸羌氣奪先聲怕甚麼烽火照西

京。你夫人、望旄頭光落。我便把旗開軍勝。你純仁、獻賦長楊應得意。（小生）孩兒學問未充，恐徒勞往返。（生）諒陰隲動神明。但得龍門僥倖。便乘鸞跨鳳。早畢姻盟。

【短拍】（旦）相公你經濟才長。經濟才長。（貼小生）你英資天挺。管兩般鏖戰功成。你（貼末）隨父策勳名。願麟閣雙雙圖影。公（末小生掩淚介）獨有慈親難捨。身去遠，魂向北堂縈。

【尾聲】（旦）文謨武烈邦家定。莫爲分攜共慘情。（生末小生）誓把一念先憂答聖明。

（生）經略新分閫外權　（末）隨親此去共籌邊

（小生）長安走馬看春色　（旦）佇聽佳音兩地傳

三祝記卷下

明　新都無無居士汪廷訥昌朝父著

第十九齣　賞梅　黃鐘用先天韻

過曲【出隊子】（外冠帶堂候官皂隸院子隨上）（外）繞離金殿，退食委蛇向大道旋。緋袍猶帶御爐烟，何幸親瞻尺五天。葵藿難傾雨露獨偏。

誰言鵷鷺杳難從，郎署金扉直九重，早歲天教作霖雨，明時常用補山龍。下官韓琦，蒙聖恩超遷司空兼侍中，自到任以來，朝廷因趙元昊作反，發兵調餉，日不暇給，退食甚晏，今日無事，早得回衙，手下俱退（官隸應下）（外除冠易服介）院子，請夫人小姐出來（院子）夫人小姐有請

【前腔】（老旦韓夫人上）傳呼庭院，知是司空紫禁還。（小旦扮小姐丑扮梅香）

（隨上）（小旦）安排花底設華筵。王事勤勞暫息肩。（合）忙裏偷閒。春光眼前。

（相見介）（老旦）相公今日回衙、如何這等早（外）朝中無事、便得早歸（老旦）堂下梅花巳開、妾身正備一杯、待相公玩賞丫頭、捲起湘簾、將酒席設在花下（丑）酒席巳設、請爺看梅（外看介）果然開得好、將酒來、待我酹花一杯（酹酒介）東閣開清賞、羅浮放早英（老旦）飛花宜點額（小旦）結子待和羹

（畫眉序）（老旦遞酒介相公請酒）梅占百花先。玉蕊瓊枝上林選。任凌霜傲雪。分外鮮妍。謾誇他艷李穠桃。誰似你冰心鐵幹。（合）最憐暗裡香浮處。早傳春信樽前

（前腔）（小旦遞酒介）錯認小姑仙。寒浸冰壺影清淺。正孕芳澌謝。風韻翩翩。羨孫標松栢堪齊。論五出冰刀難剪。

〔合前〕

〔前腔〕〔外〕花底惜流年，占斷風情向小園。愛南枝裊裊。點綴芳筵。不能效逋仙逸興蕭騷，空自慕何遜詩才清健。

〔合前〕

〔前腔〕〔合〕入夜共留連，花外氷輪向空輾。儘看花玩月。胸次陶然。怕東風吹落殘英，浮玉斝任催銀箭。〔合前〕

〔外〕夫人，今已何夜，酒筵撤了罷。〔老旦〕妾身有句話奉告相公。〔外〕夫人請說。〔老旦〕拉外背小旦低唱

〔滴溜子〕嬌娃的嬌娃的，桃夭正妍。婚姻事婚姻事，破瓜妙年。勸君早完姻眷。于歸應及時，休辭道遠。見女恩情，爹當見憐。

(外)夫人，這事常記在我的心上，幸得范郎目下來京。(老旦)他來京做甚

【前腔】(外)春闈裡春闈裡今當鏖戰。諒佳壻諒佳壻青錢中選。此時好諧姻眷。院子，你去街上探聽范相公消息，倘伊都下來。先通繾綣。便使裴航藍橋會仙。

(院子)小人理會得。

【尾聲】(小旦)飛花恐妬殘妝面。(外)月底忙收歌舞筵。(老旦)只願鼎鼐調和奕葉綿。

(老旦)男女婚姻不可遲　(外)仙郎應折杏園枝

(小旦)梅花已洩春消息　合 虎榜鴛幃兩及時

第二十齣　樊書　中呂用魚模韻

引子【滿庭芳】（生冠帶朱衣末普巾青圓領外扮番將捧趙明戎裝雜扮軍卒旗幟鎗刀隨上）（生）轂推輪登壇建節除殘遠奉天誅（末）壯懷慷慨報主一昆吾（外）身統熊羆萬竈欲成功奮臂先驅（合）指揮處綸巾羽扇談笑定西隅

（外見介）小將趙明叅（生）起來（外應起立介）（生）蔽野旌旗色、滿山笳吹聲、功名早晚就、裴度亦書生（末）爹爹、孩兒請問元昊這廝兵勢甚强、心懷矯詐、前日延州范安撫誤信乞和、墮其奸計、致令總管劉平石元孫覆軍被執、若非大事解去、鄜延諸郡、盡爲賊有、昨復遣人議和于爹爹、兒恐無約而請和是即前日之詐、爹爹不斬來使、反作書與他、不知書上說些甚的（生）孩兒你聽我道

過曲【好事近】料敵豈容疎。已知他講和實意全無。我將忠言開導、指望他暗奪邪謀。非迂。他世受天朝恩遇、倘

環翠堂樂府　三祝記卷下
四

令

回心把帝號旋除。西歸罷兵守土。這功成不戰。是正廟
廟訂謨
(末)爹爹所見甚長、但得元昊聽從、便是國家之福
(丑扮番將持書急上)一心忙似箭、兩腳走如飛、此
間已是范經略行營、不好徑入、只得跪在轅門外、
候他軍令(跪介)(生)門外跪的何人、軍介傳令着他
進來(卒傳介)跪的人進來(丑進跪介)(生)你是那裡
來的(丑)小將是大夏皇帝、差來投書與范爺(生)呀、
既是西夏有書、接上來看(卒接書與生)(生折書看
介)大夏趙元昊、謹奉書經略范公麾下、昨拜嚴音、
謹荷存念、人非土木、豈不知君臣之分、當全但昊
制小蕃文字、改大漢衣冠、衣冠既就、文字既行、吐
蕃塔塔張掖交河、莫不從服、乃正帝位、國稱大夏
望許西郊之地、冊爲南面之君、不料宋信讒言、詔
削我官爵屬籍、宋既寡恩、夏亦無義、長驅蕃漢、願
決雌雄、須信九鼎之遷、爰歸有德、勿使二軍之覆
抱恨無辜(生大笑云)我推赤心置他腹中、
終執迷不悟如此、恐一朝窮蹙、悔之晚也

榴花泣（生）逆天無道，全不懼征誅，螳怒臂敢當車。我只道吮塗豸轍寄來書。誰知他甘心負固。我空把血心剖。

（外）趙元昊既甘心逆天，答書不遜，小將願斬來使，領一軍將他活捉獻于麾下。（末）爹爹，趙先鋒之言甚為有理。（生）低向外唱 我想豚魚可孚。竭精誠人豈難招附。願他行退守藩垣。這封書且自模糊。

叫軍校取火來。（卒應）取火（介）火在此。（生）將書焚了。（卒應）焚書（介）（生）來將你囘去多多拜上國主，道大義已悉。前書今不必再寫，只願堅守臣節，早罷干戈。我當奏請朝廷，赦你罪過，子孫世世保守爵土便了。（丑）得令。忙傳經略語，報與國王知（下）（雜扮卒執令旗急上）報報報，朝廷有詔，詔諸路正月入討元昊。（生）呀，正月塞外大寒，我師暴露，不如俟春深人賊馬瘦，人饑勢易制也。況邊備漸修，師出有紀，賊雖猖獗，可以一戰成功。探子去罷，我自差官表奏朝廷。（卒）得令（下）（生）純佑，我看慶州西北鳳鋪砦

當後橋川口在賊腹中此處若築一城則白豹金湯皆不敢犯但賊若知此情必先據其地你可同趙明

（剔銀燈）領士卒偃旗息鼓暗地將他方先據如雲萬竈熊羆聚把版築一時完具咱驅大兵會汝從此教民安似堵

（前腔）（外末）奉軍令忙催隊伍併力將橋川飛渡所需器具難違悞待全師興工動土（合）神謀築成險阻應不讓長城拒胡

（生）你二人快去我行邊即來（末外）得令（下）（生）領卒行介（小淨扮酋長領衆舞上）自家環慶酋長是也我看這小范老子腹中有數萬甲兵不似大范老子可欺他今日行邊衆頭目須要小心迎接休得

犯他號令（衆應行介）（小淨）前面旌旗蔽日鼓吹喧天想是沾爺到了、我們迎將上去（迎見跪介）環慶酋長、領衆頭目迎接老爺

【前腔】（生）你羌人心多反復。做鄉道罪應難贖。（衆叩頭云）羌人一向未沾王化、誤為西夏所愚、望爺爺免死（生）既然悔過情堪恕。況天子陽春澤布。急須輸誠歸附。念解網湯仁遠敷。

我令奉詔犒賞你諸羌、已前非過、盡皆不究、從此與爾定為條約、各宜遵守（衆）蒙爺爺不殺之恩、願情受命（生）爾等聽着、賊大入寇、老幼入保本砦、不許坐視私債負欠、告官為理、不許輒縛平人、雖已和斷、不許更相報復、初犯姑罰羊馬、再犯質其首領決不輕貸（衆跳躍懽呼云）龍圖老子、如此恩威我等敢不從令、

【縷縷金】（衆背生自相顧唱）他威難抗。信又孚。焚香須頂戴。共懽

呼誓把科條守。人人傳布。汾陽之後見龍圖。千秋有餘慕。

【前腔】(衆回身向生叩頭唱)蒙爺開生路。免罪誅。感恩圖報效。願捐軀。羞殺延州范。人人小覷。(誰似你)甲兵數萬腹中儲。遐陬賴安撫。

【尾聲】(生)奠來磐石山河固。(我勸你)世世歸心向帝都。(合)免與西夏來年共獻俘。

(生)天子恩威遠近知　盡歸王化莫心離

(衆)即今塞北諸蕃落　欲建生祠請立碑

第二十一齣　就婚　雙調用蕭豪韻

引子【風入松慢】（小生冠帶朱衣，雜執瓜旗鼓吹導上）（小生）三千禮樂對丹霄，濟濟時髦。臚傳三殿天初曉，何期首占春鰲。雁塔尋名署，杏園十里香飄。

宮袍新惹御烟霏，軟帶垂雲挂綠衣。向道是龍剛不信，果然奪得錦標歸。純仁夙承家教，今受國恩，一舉狀元及第，纔自瓊林宴回，看有何人到此。（末持柬上）為問當年素服儒，于今腰下佩金魚。分明有個朝天路，何事男兒不讀書。（進見叩頭介）司空韓老爺，聞爺爺高捷，小設喜筵，請爺爺即時枉駕。（小生）我正欲去拜韓爺爺，反辱寵召。手下排頭搭往司空府去。（雜導行介）

過曲【風入松】（合）七襄雲錦剪宮袍，更黄封沾醉香醪。青驄蹀躞長安道。稱玉貌翩翩年少。不枉了帷燃夜膏。離白屋上青霄。

（前腔）狀元名播斗山高。是九重御筆親標。雄文氣壓千人倒。方顯得凌雲奇抱。不枉了帷燃夜膏。離臥屋上青霄。

（末）此間已到。請狀元爺下馬

引子（海棠春）（外冠帶朱衣上）欣將快壻招。況是奎纏耀

（小生）進見拜外介（外）泥金日下喜飛書、名重天人董仲舒（小生）不是太山容托足、草茅何自達天衢（外）賢壻學貫古今、聲蜚朝野、今日大魁天下、不負奇才、況聞武進榮除、少展驥足、卽看超遷館閣、大樹鴻動、欣慰欣慰（小生）純仁幸承遺教之訓、謬起賢科、常懷反哺之情、恐違色養、雖調武進、決不敢赴（外）桑弧蓬矢、丈夫志在四方、揚名顯親、人子道關一仕、賢壻若以小節自拘、不爲世用、豈不辜了朝廷作養之恩、

過曲【風入松】(小生)微名雖幸策清朝。念親恩怎離昏朝。錦勞此日思圖報。(掩淚介)況家大人呵。闈外事安危難料。縱使綸仁居官

食條禁不得寬勞夢勞。纔提起淚珠拋。

前腔(外)我想令尊呵。詩書朝夕課。見曹望功名接武雲霄。人生怎全忠和孝。但得躋顯膴揚親非小。將定省時間暫拋。賢如狄梁公，亦不曾因親而廢仕。他只得空回首白雲遙。

(外)小女年已及笄，賢婿名復登甲，今當吉日，欲畢良姻，願借登龍之慶，並諧跨鳳之歡，望賢婿俯從。(小生)敬遵台命。(外)院子，筵席排完了麼。(末)排完了。(外)請夫人扶小姐出來。(末)報介(雜扮女樂鼓吹老旦小旦艷妝上)

引子【海棠春】(老旦)佳會在藍橋。(小旦)絳蠟含羞照。

（外）將酒來待我末狀元一杯（遞小生酒介）

過曲（錦堂月）（外）彩筆題橋。金屏中雀。仙郎福緣非小。我有女青春。于歸愧詠桃夭。喜傳臚高捷龍門。纔受室榮膺鸞誥。（合）同諧老。願取乘鳳秦樓。共遊三島。

（前腔）（老旦）懽笑。吉日花朝。門闌喜氣。把乘龍嘉壻相招。況你秀奪天孫。不羨畫眉京兆。金榜上戴得君恩。洞房裡奏成天巧。（合前）

（前腔）（小生）難報。太岳情高。不嫌荆釵鮮薄。配成金屋多嬌。問舉案齊眉。可是梁鴻德耀。結新懽此日朱陳。感舊契當年管鮑。（合前）

〔前腔〕〔小旦〕坤道。形管曾標。慚非淑女。不堪侍奉賢豪。天假良緣。得遂河洲雎鳥。〔他〕奪巍科榮庇妻孥。〔我〕助中闈恩酬廊廟。〔合前〕

〔醉翁子〕〔外〕光耀。羨才子鰲頭獨釣。願我兒三從四德。並遵家教。〔老旦〕期禱。似比翼鶼鶼。白首相依永不拋。〔合〕香篆裊。把酒泛金尊。琴瑟和調。

〔僥僥令〕〔合〕庭開花燭讌。爭合鳳凰簫。聽一派笙歌喧天鬧。引織女共牛郎渡鵲橋。

〔十二時〕輝流綺席三星照。雲雨巫山樂事饒。〔方信道〕千里姻緣會不遙。

清風明月兩相宜　女貌郎才天下奇
正是洞房花燭夜　果然金榜掛名時

第二十二齣　辭詔

南呂用庚清韻

引【步蟾宮】（生冠帶朱衣末背巾子青員領軍卒隨上）（生）妖氛欲掃嚴軍令，轅門繞萬騎天兵。（末）桓桓方叔擅威靈，指日殲夷鷄獍。

【漁家傲】（生）塞下秋來風景異，衡陽鴈去無留意，四面邊聲連角起，千嶂裡，長烟落日孤城閉。（末）濁酒一杯家萬里，燕然未勒歸無計，羌管悠悠霜滿地，人不寐，將軍白髮征夫淚。（生）云我兒，自與你築了大順城，恩威遠布，蕃漢歸心，已破西賊之胆，他如不敢逆從順，再引兵來，我這裡粮草既多，兵久訓練，一鼓擒之，易如拉朽。（末）爹爹雄才妙算，何難戡亂定傾，只是母親在家，久未寄封書去，純仁雖幸登科，聞他調官不赴，孩兒俱未放心。（生）我兒，古人道為天下者不顧家，我今日簡命在身，尚未知責

任可副、妻子耘
情也、管他不得
過曲【金錢花】（副末扮王使臣冠帶朱衣丑扮從人背敕隨上合行唱）駟牡逐電飛騰。飛騰。山川如畫經行。經行。長途清曉帶殘星。傳敕命下神京。馳帥府錫恩榮。
（丑）稟爺已到經略府了（副末上）令門上通報（卒報）天使到了、請爺迎接（生）快排香案（出迎副末入介生末跪）（副末）皇帝敕曰、逆夏犯順、宗廟震驚、爾壞慶路經略招討使范仲淹、備禦有方、恩威兼濟、即此柔遠之略、具見謀國之忠、特遣王懷德進爾樞密直學士右諫議大夫、經略涇原、其子純佑築城禦敵、深得羌心、授將作院主簿、益勵初心、務平僭亂、謝恩（生末叩頭呼萬歲介）（起揖副末介）（生）遠勞大人、下官未有成功、方且待罪、聖上何以須此殊恩
（副末）大人不知、那日設朝、廷臣議大人不當與元昊通書、又不當輒焚之、宋庠請斬大人（末驚訝云）昔如此怎了（副末）虧了杜衍奏道范某志在招納

蓋忠于朝廷也、何可深罪、聖心太悟、特遣下官賫勅到此、朝廷只要大人、

【宜春令】挽天河洗甲兵。鎮涇原（似）長城可憑。權當樞筦宣威閫外（把）烽烟淨。運六韜心計難窮。張九伐廟謨先定。爭看奏凱還朝。勒銘鐘鼎。

【前腔】（生）雖分閫未奏功。這隆恩無由敢承。況涇原重地。太山蛟負何能稱。趂天使千里遙歸。煩拜繳九重新命。吾皇已赦前愆。（官）敢再圖僥倖。

【前腔】（末）非棄繻未請纓。（止不過）遠隨親征誅不庭。功無尺寸。濫叨爵賞私心幸。（我想着）遊黌序軌範先端。（到今日受職可）勵官守氷霜同勁。從今效犬馬微勞。仰酬明聖。

（副末）范大人，西賊今雖未平，賢橋梓勳勞已著，是以朝廷有此特恩，請收了勅命，作速移鎮涇原，勉圖後效。（生）天使，仲淹軍出無功，斷不敢受詔，大人還朝，下官遣小兒隨行。純佑，你可面奏聖上，道涇原地重，第恐臣不足當此路，願與韓琦同經畧涇原，並駐涇州，琦兼秦鳳，臣兼環慶，涇原有警，臣與韓琦合秦鳳環慶之兵，犄角而進，若秦鳳環慶有警，亦可率涇原之師為援，臣與琦練兵選將，漸復橫山，以斷賊臂，不數年間，可期平定矣，倘聖上准了此議，你可往見韓司空。（末）見司空如何說

（刮鼓令）（生）你道 潢池日弄兵。羽書飛。九廟驚。君自是鷹揚尚父。西夏公麼末足平。我 翹首望行旌。向涇原犄角。把 欃槍戡定。除兇雪恥報朝廷。千秋麟閣顯威名。

（前腔）你却與純仁孩兒說 虎榜快先登。又且 會牛郎織女星。怎不向琴堂作宰。幼學從來為壯行。休得戀家庭。論揚名

顯親。在居官蒞政。我爲父的、只是要你忠君愛國振賢聲。你便將我此情奏司空煩他（背）促兒早早出神京。

（末）孩兒俱知道了、就此拜別父親同天使前去

尾聲（介）（末拜）迢遥千里辭親命。（副）（末）丹詔封還五鳳城。（生）天使大人你須念葵心向日傾

（副）（末）大將軍勤勞社稷　聖天子寵錫元勳

（生）功未成難膺爵賞　（末）道雖遠不避風塵

第二十三齣　報命　南吕用東鐘韻

引子【掛真兒】（小生忠靖冠冑背褶上）夢遶親闈愁萬種（旦）具湯藥奉侍家兄羞結鴛儔恨登虎榜何日　向　故園飛趲

〔踏莎行〕物候驚人，旅情縈抱，白雲迢遞家山渺。悽庭萱室勝琴堂，欲歸未得增煩惱。冷落斑衣，淒涼烏烏。喜兄聚首長安道，不期一病臥經旬，焚香夜向蒼昊禱。純仁自登第之後，入贅韓司空府中，正欲辭官歸養，却喜伯兄代父入朝，奏請岳丈同經畧陝西。這兩日尚未見命下，誰料伯兄抱病，我為弟的怎忍拋撇，只得待他病痊，再作區處。今早岳丈進朝，不知有何事故，這時節敢回來也。

引子〔臨江梅〕〔外冠帶服色，雜扮從人隨上〕〔外〕宸極端居星北拱，怪西羌盜弄兵鋒。〔白〕旄黃鉞授元戎，欲賦車攻，期奏膚功。手下且退。〔雜應下〕〔小生迎見介〕岳父拜揖。〔外〕今日朝中，不知有何事故。

過曲〔懶畫眉〕〔外〕曉趨雙闕對重瞳。丹鳳銜書下九重。〔小生〕朝命見為着甚的？命婿而翁封奏喜相從。我涇原節鎮新承寵。〔小生〕原來是聖上俯從家大人之請，可喜可賀。〔外〕惟願天山早掛弓。

令尊前日書來、托我促你上任、且喜今早吏部將賢婿改選長葛、較武進又近矣（小生）雖近亦不能朝夕在側、純仁豈可重于祿食而輕去父母耶、况家兄遠來臥病、安忍離之、

【前腔】故園歸興近偏濃。我不顧勳名勒鼎鐘。慈烏一念結私衷。移官雖近離情重。怎及菽水承歡將子職供。

【前腔】（末扮院子上）忙將朝命報恩東。（外）有甚事來報（末）方纔老爺退朝之後、那宋學士隨直金華入禁中。萬歲爺因史館乏人、遂問新科進士、誰堪此任、多情學士對從容。指小生（介）他道郎君博洽詞林重。因此聖上御筆將姑爺姓名寫了、發下中書省、試看白玉堂中近侍榮。

（外）恭喜有此美遷、難道又辭不赴（小生）輦轂之下、非兒養病地也、決不敢少變初心（外變色介）臺閣

之任、豈容易辭你若固辭上違君命是謂不忠下逆親言是謂不孝不忠不孝將何面目立于天地之間、

(前腔)你寒燈苦費十年功。忠孝如何兩字慵。(小生)岳丈言及至此愚壻不敢不遵勉從台命把史官充。只怕樗才難副明堂用。

(外)鵬翮聽摶六月風。

(末)呀老夫人小夫人出來了(老旦)詹前靈鵲方傳喜(小旦)道上驪駒又送愁(相見介)(老旦)聞相公遠鎮涇原賢壻新遷館職特具一杯奉餞相公並賀賢壻蓀兒將酒來(小旦斟酒老旦遞外小生酒介)

(東甌令)(老旦對外唱)你才舟楫。氣霓虹。樽俎停麾見折衝。行將小醜擒還縱。早獻個平蠻頌。(對小生)相如詞賦世咸宗。載筆鳳池中。

（前腔）（小旦把外酒）爹爹是干城將。定有補天功。麟閣先開待畫容。罇前恐聽驪歌動。何日將尊顏奉。（劉小生）登瀛夫婿幸遭逢。我喜氣上眉峰。

（劉潑帽）（外）纔聞簡任心驚恐。怕此去出師無功。私情兒女休悲痛。賢婿幸得你將史職供。但遇退朝之暇家政煩操縱。

（金蓮子）（小生）岳丈德望隆。推輪捧轂承天寵。那璧聞風兒斂踪。試看你偃干戈歸朝後。列土受侯封。

（尾聲）（小生老旦小旦）明朝擬上河梁送。（外）萬隊旌旗蔽太空。（合）不弱似六月周宣伐犬戎。

（外）翁婿何僥倖　（小生）承恩在一朝

（老旦）不須愁醜虜　（小旦）劒氣正干霄

第二十四齣　訓子　　　商調用真文韻

引子（遶池遊）（旦上）空閨病損，鏡裡凋紅粉。奈離思苦縈方寸。（副末扮純禮老旦扮純粹皆晉巾便衣上）父兄歸信，欲卜全無准。背着母淚珠偷隕。

（清平樂）（旦）功名無據，悔殺容他去。一寸柔腸分兩處，夫子何年完聚。（副末）萱室雖則康寧，奈何遠信難憑。（老旦）兒意不禁悵望，慈前強自支撐。（副末）母親，爹爹赴任許久，不知西夏平否，爲何不寄一紙書來。（旦）我也在此想念，恐傷兒意，不忍明言，正是雖無千丈線，萬里繫人心。真好苦也。（同掩淚介）（老旦）母親且省愁煩。

過曲（二郎神）（旦）欲把魚書問，奈千里關河隔暮雲，况萬隊

貔貅當重鎮。他忘家爲國。捹將馬革酬恩。耿耿丹心銘素悃。論薄伐何憂玁狁。(合)淨妖氛賽馬援高標銅柱奇勳。

(前腔)(副末)在那里爹爹晨昏。幸伯兄隨侍。承懽必謹。阿母休將雙淚揾。(老旦)運籌帷幄。管教迅掃邊塵。萬里封侯返玉門。那時節兒一家全叨福蔭。(合前)

(旦)我兒喜得你純仁哥哥

(集賢賓)龍門一躍桃浪滾。衣冠不愧前人。聞道銓曹除武進。欲之官先應歸省萱親。這些時爲甚不還。却教我放心不下。(副末)(老旦)兒心自忖。莫非他及第後姻諧秦晉。須撥悶。休爲子暗凋青鬢。

(旦)孩兒我一向不曾與你兩個說你爹爹呵、

【前腔】風雲未遇。韲鹽受窘。(一)他在那長白山中歷五載辛勤。膽氣常年服鬼神。(一)喜時來久屈還伸。他雖從勤苦中博得一第、却惓惓愛君憂國每將忠言導引。因此上直聲常振。(副末)(老旦)見不敏。這家學敢忘慈訓。

【黃鶯兒】(旦)你那純祐哥哥呵束髮便超羣。(一)我吳中俗洗澆漓變雅馴。(副末)這是誰人之力(旦)正是他樹標黌序把師儒近。(老旦)原來如此二哥哥却如何(旦)他將芸編苦溫。(一)我將熊丸助辛。你看他帳頂黑如墨色、這都是他寒燈夜夜甘勞頓。(副末)(老旦)教成人。難兄難弟。都虧了孟母擇芳隣。

(琥珀猫兒墜)(旦)我兒、你兩個孜孜向學。歲月莫逡巡、奕葉詩書要繼芬。燕山父子並青雲。(合)勤懇。不枉了　孝子忠臣玉友金昆。

(前腔)(副末)(老旦)爹今遊宦。我　詩禮久無聞。重沐慈幃教育恩。賢聲寧敢愧嚴親。(合前)

(尾聲)(旦)幾時得　狀元飛鞚還鄉迅。凱奏西方罷戰塵。(副末)(老旦)家慶筵開氣色新。

(旦)晝掩空堂日更長　天涯一望斷人腸

(副末)(老旦)燈花昨夜今朝鵲　定有佳音返故鄉

第二十五齣　議和　　正宮用歌戈韻

引子 繞山月（淨趙元昊同小淨小丑外末四酋長各盔歪甲斜手拖兵羅失氣走上）（淨）舉國動干戈，欲奪宋山河，恨天生韓范奈他何。（四酋）且收兵避敵，保身惜命休逞嘍囉。

（淨）自笑從前見識癡，土龍豈有上天時，臨崖勒馬收韁晚，船到江心補漏遲，衆頭目，事勢至此，怎麼了，怎麼了，（四酋）大王，平昔才誇伊呂，計笑孫吳，氣壓乾坤，志吞湖海，無一言不慷慨驚人，今日怎麼說這等敗興的話（淨）你不知，寡人世受宋恩，列土封王，富貴極矣，一朝小覷了趙家，便要奪取他的天下，誰知造化低撞着這個范經畧，我前日不依他諫勸，反回書侮慢他一場，他却又奏請韓琦來爲犄角之勢，每每交鋒不利，休道二公智勇兼全，就是那范純祐也自難敵，休道純祐，便是我那降將趙明，也不惜人情，我今日聞他們名兒，也是喪膽（小丑笑云）怪不道邊上做成口號，嘲笑大王，這情是實有的了(淨)他怎麼道(小丑)他道軍中有一韓、西夏聞之心胆寒、軍中有一范、西夏聞之驚破膽(淨)大吐好惶愧、好惶愧、我想識時務者呼爲俊傑、天下勢大未易能收、况韓范深得人心、難爲頭敵、不如修書與他講和、倘得赦罪西歸、我世世不失爵土、若更固執、利害未可知也(四酋)大王所見極是(淨)我修書就差環慶酋長賫去(小淨)得令

過曲(四邊静)(淨)志圖一統乾坤大、怎敵得天朝過、韓范有先聲、心膽咱驚破、空遭折挫、難收結果、練卒儘由他、修和在于我。

(前腔)(四酋)長安宮闕明、君坐勢力安能奪、五位不曾登只怕九族翻遭禍、知幾且躲、讓他則個、我輩是池魚、城門免殃火。

（淨）巳占西方十二州　相逢勍敵志難酬

（四）（酋）兵鋒不利應須避　巾幗當年也忍羞

第二十六齣　拜相　中呂用庚清韻

引子（粉蝶兒）（生冠帶朱衣雜卒旗幟刀鎗隨上）（生）坐鎮涇原戎馬可容馳騁仗仁兄望重干城（外冠帶朱衣上）報國心超距勇何時折證（合）誓同心一戰功收全勝

（生）聲勢相依似輔車、敵人無計敢長驅（外）甲兵十萬胸中具、坐見鯨鯢盡伏誅（生）稚圭蒙皇上俯從弟請、使仁兄握符遠來、得藉神威賊兵屢敗、眼見得奪了元昊之魄、現如今趙明大軍與賊相拒、弟欲乘勝進兵、滅此而後朝食、尊意若何（外）足下威信久布、粮餉又充、略運奇謀、賊無遺類、可傳令趙明待環慶秦鳳二路兵到、三面夾攻、料他插翅也不能飛出（生）高見正合吾意（小淨持書急上）將令風霆速、轅門彪虎屯、此間已是韓范二爺經畧府前、煩把門通報、西夏趙王奉書二位爺爺麾下（卒傳報介）（外）趙元昊久在旦夕、却爲甚事、敢獻書來（生）且着他進來、看了書再做道理（卒令入）（小淨叩頭獻書）（生外折書共看唱）

過曲【駐雲飛】書奉行營。昊豈無知敢弄兵。累世遵王命。一旦收權柄。驚。忿恨未能平。因此提兵壓境。旣蒙二公開諭惓惓。俛首虛心聽。從此修和罷戰爭。

（外）我天朝待西夏不薄、因你無故稱兵、方纔削其爵位、怎麽到說我先收他權柄、他遂心懷不平而反（生背對外云）這厮分明是畏我二人、不敢相角、爲此飾詞、欲逃已罪、我若不聽他講和、縱然取勝、也不免殺害生靈、不如表奏朝廷、容他改過便了（外）足見仁兄爲國爲民、陰德非小（生對小淨）你可傳語趙元昊、他稱兵入犯、順合就天誅、旣追悔前愆、願守臣職、可將侵地一一還與朝廷、作速引兵而

退待我奏請定奪若少延遲教他九族難保快去

〔小淨〕得令大將軍威名蓋世聖天子洪福齊天四

夏王肝胆已碎衆酋長首領得全〔下〕

〔山花子〕〔末冠帶手持御札上〕從天捧下黃麻命簡賢政府持衡。范經略當朝老成。威名遠震邊廷。論忠貞堪為股肱。才兼文武衆望傾。皇䕫伊呂今再生。槐宰堂堂。上應台星。

〔卒〕禀爺朝廷差一位行人到了〔生〕呀行人來却是為甚〔外〕我們且出去相迎〔出迎進見介〕二位大人請拜受了御札〔生外叩頭起接看介〕經略環慶招討使范仲淹叅知政事着行人伴送來京陝西軍務專委韓琦待逆昊盡平另議陞賞〔外〕希文入叅大政朝廷可謂得人敬賀敬賀〔生〕非才何以堪此朝使大人呂相國今方在位因甚又用下官〔末〕大人不知那韓瀆夏竦二人呵

朴琦

欽差行人

(前腔)趨炎附勢圖僥倖。豺狼白日橫行。作威福人人共憎。這都是那呂相國門墻桃李餘榮。因此歐陽諫議犯天顏。將權臣罪鳴。掃除奸黨皇路清。城狐社鼠無地憑。四裔遙授世道昇平。

聖上既將呂相國罷去、因博訪廷臣、誰堪大任、那兩府及臺諫諸公、同聲奏道

(前腔)范公德望堪調鼎。西人膽顫心驚。列端揆垂衣化成。更不說蕭曹丙魏勳名。因此動龍顏欣欣喜生。聖上追悔昔年貶謫大人翻將當日讒間懲。忙分使節千里行。側席求賢。計日登程。

(外)且喜元昊乞和。西方已定。希文可速同朝使入京。小弟在此安撫軍民。待命而返。(生)小弟非借仁

兄餘威何以平此僭亂今復濫叨大命先在朝面
歸不勝慙赧(外)謀詢衆論命出君恩仁兄休得謙
遜

【大環着】(生)喜邊塵已靜喜邊塵已靜從此銷兵奏凱
還朝鞭敲金鐙(外)却笑耿恭拜井實憲勒銘羞殺衛
將軍屢徼天幸棄繻者長纓空請矯制者奇功難並
(末)雲迎陣雨洗兵氛祲消爲日華光瑩
【越恁好】你(外)文武不兼併文武不兼併外攘方內寧天
恩眷注因卜夢待和羹(末)我只見沙堤築就萬方引領千
官迓迎高居黃閣黎朝政烏頭宰相人欽敬
【尾聲】(生)分携絕塞離愁勁(外)雨露承恩天上行(末)韓大人

你不日金甌覆姓名。

（生）何期奉詔入神州　（末）將相兼權是武侯

（外）時難獨當天下事　（合）功成却進手中籌

第二十七齣　別弟　雙調用尤侯韻

過曲（末晉巾便服上）【步步嬌】抱病長安顏非舊。正值三春候。愁心慘似秋。故國雲山。不堪回首。手足愛偏周。鶺鴒原上勞相救。

【前腔】（小生忠靖冠冑背褶上）晝夜將兄親臨候。難展雙眉皺。鄙情藥餌投。檢盡方書。幸然功奏。他旅邸怕淹留。却不道風塵弱體難禁受。

(相見介)(小生)哥哥、你病體初愈、正當調攝、怎麽心心念念急欲還家、

〔沉醉東風〕(末)我背萱堂數載遠遊、他望天涯倚閭相候。捱一刻勝三秋。我把怎歸期延逗、准明朝一鞭馳驟。(下)(生)尚有兩弟在家、母親料不致寂寞、(末)他兩個是少年人、怎曉得定省的道理、況爹爹西賊未平、母親能不懸念、(合)掩淚唱他爲夫淚流、爲兒淚流、那垂髫稚子如何得解憂。

(小生)哥哥、我恨當初來求取功名、不中也罷、到今日中了呵、

〔前腔〕苦羈身不得自由、憶椿萱夢寬僝僽、純仁不如挂了冠、與哥哥悄地同回也、免得母親思憶、(末)說那裡話、你若挂冠歸去、不但上負君恩、便是爹媽也怪我不阻你、使不得、使不得、(小生)我無計買歸舟、你怎忍長途奔走。欲放兒去待不

呵、怕慈幃寂寞昏晝。（合掩淚唱）爲爹淚流。爲娘淚流。又則

痛弟和兄分離帝州。

（小生）哥哥既堅執要回、也須問過岳母（末）正是正是（小生向內云）娘子請岳母出來

引子（搗練子）（老旦上）白晝永、畫堂幽、手捲珠簾上玉鈎（小旦上）鸚鵡學人頻喚語、忺拋針線下層樓、

（相見介）（老旦）賢婿相呼、有何話說（小生）禀上岳母家兄販櫌日久、心殊不安、且思念慈親、急欲歸省（老旦）呀、大伯貴恙新痊、不禁勞役、山川跋涉、更非所宜、請再從容幾時（末）多蒙親母垂情、晚輩何恐遽別、爭奈思親念切、不勝鬱陶、已決歸心、難容中止（小旦跪云）孩兒上告母親、人家娶媳婦、原爲奉事姑嫜、他孩兒遊宦、已疎定省之儀、我媳婦歸家、庶塞井臼之責、乘大伯途中照管、你多差幾個丫頭伴送我回去、得養婆婆、也替丈夫行些孝道、雖母親膝下無人、你女婿也當得半子、料爹爹不久

節還望母親垂察（老旦）我兒你與人做媳婦自然孝養公婆只是我舉目無親怎生割捨（老旦小旦掩淚介）

（玉胞肚）（小旦）不堪分手。念婆婆空閨鮮儔。他立清朝子職難供。我在中饋婦道聊修。常言女大不終留。你勉强加飧莫漫愁。

（前腔）（老旦）養成閨秀。掌中珠何堪遠投。你圭蘋蘩詩句揚芬。我隔關河夢境難求。從今不敢上危樓。腸斷天涯易白頭。

（小生）哥哥弟婦途中煩爲照管你歸家見過母親便當上任

（前腔）（末）我田園甘守。論功名無心去求。大官食何似菽水承懽斑爛衣，勝如金章紫綬。只怕西賊一時未平，既有弟婦在家，我須往爹爹任上一看。非拋慈母喜遨遊，佐父邊庭效一籌。

【前腔】（小生）娘子，你婦儀聞久，欲歸家渾怎道修，意般勤願奉姑嫜，性幽閒甘操箕帚。我不日也要辭官而歸，浮榮肯戀鳳池頭，好逐吾兄晝錦遊。

（老旦）我兒，你要同大伯歸去，這是一點好心，我怎敢阻你，你作速打點行裝，我明日與大伯奉餞。

（老旦）嬌娃從未撇娘親　（小旦）此日分違淚滿巾

（小生）青鏡淒其鴛別侶　（末）碧天惆悵鴈離羣

第二十八齣　變法

雙調用齊微韻

【引子】【新水令】（淨扮王安石幞頭蟒衣玉帶官吏隨上）（淨）身居鼎鼐朝廷倚秉

鈞衡展施經濟。怪物議如蜂起。謾設尋思欲調和衆口

恨無計。

官吏且退。（衆應下）（淨）黄閣聲名震百僚，巖巖太華逼青霄，操來生殺威權重，禍福無門人自招。自家參知政事王安石便是。才運有玄，星斗難逃其布算；謀深無底，鬼神莫測其機關。荷九重簡任之恩，消埃莫報；立一時鼎新之法，犬馬聊酬。爭奈朝廷上個個議彈，怎生綰閭閻中人人遵守。我思量起來，只因門下少幾個羽翼之人，是以威福不行，阻撓者衆。方纔去喚薛轉運，待他來商議則個。

過曲（普賢歌）（丑扮薛向冠帶服色上）赤心一點變烏梅。憂國憂民話爛題。天生軟曲膝。天生厚臉皮。附勢趨炎人怎比。

（進見做趨奉態）老相國，薛向參見，不知恩相呼喚有何台旨。（淨）因你是我心腹之人，請你來商議一事。（丑）薛向屁也不知香臭，怎敢辱老相國商量。（淨）休得太謙，我問你，你知我行新法之意乎。（丑）薛向

王安石

不知、望老相國見教（淨）昔周置泉府之官、變通民財、後世惟桑弘羊劉晏粗合此意、今欲爲天下理財則當修泉府之法、以收利權、是以我創青苗免役、保甲保馬之議、無非用經術以經世務、志在忠于朝廷而已、難道不是良法（丑）這法行得最妙、便是臯夔稷契重生、也慮不及此（淨）叵奈臣僚不與我一心、議議者多、奉行者少、休說司馬光孫固諸人紛紛饒舌、就是那呂誨、我擡舉他做了御史中丞、他上疏說我好執偏見、輕信姦回、所言雖美施用則疎（丑）老相國這厮該問他誑君之罪、恩相門下、止得薛向一人、他說輕信姦回、難道姦回是我（淨）我昨奏過官里、將他出知鄧州（丑）出得好、出得好、恩相不知、昨日唐介疽發而死、也只是爲行新法（淨大笑云）爲行新法、氣死唐介、這個是天理不容、還有一人該死（丑）是誰（淨）前年聖上欲拜我爲相、特問韓琦、那厮說我爲翰林學士則有餘、處輔弼之地則不可、此言一倡、人人承他風旨、沮撓不便、除非殺却方休、我今日欲行均輸法、薦你領其事、只是你一身勢孤、怎生再得幾人相助、有可托的人、你說來、我當不次擢用（丑思介）國子監范純仁頗有力量，況是范相國之子，不知恩相心下如何（淨）呀，純仁是韓琦女壻，且他父親十分古怪，如何用得（丑）驚（介）幾乎誤了（淨）你慢慢尋思但有可親信的，俱舉薦將來（丑）理會得

（六么令）（淨）思將財理，仗廷臣聲勢相依。商君懸賞木堪移，先示信後施威，（合）法行兼使公私濟。

（前腔）（丑）訏謨德意，是周官泉府曾遺。同心君相把紀綱持，安社稷樂雍熙，（合）法行兼使公私濟。

（前腔）（淨）求全之毀，恨雌黃百口無知。不思爲國奉良規，同結黨故相違，（合）禍生自孽應難避。

（前腔）（丑）寃讎難洗，怪狂生斥我姦回。休論青史是和非，下毒手運心機，（合）禍生自孽應難避。

（淨）新法堪行志未伸　（丑）須將刑賞動朝臣
（合）平生不做皺眉事　世上應無切齒人

第二十九齣　歸田　南呂用齊微韻

（引子）（旦）【三登樂上】政柄方持，却爲甚思還故里。未知他聖主曾依。（末副末老旦）功已成，身欲退，道在知幾。（小旦）浮雲富貴料無難脫屣。

（相見介）（旦）純祐，自你京師回來，家中清閑無事，幸得將兩個兄弟已教成人，且喜媳婦到家，生個孫兒，今交三歲。你爹爹作相，夷夏傾心，朝廷十分倚重。前日他寄來書上，邸要辭官，不知遂得初意否。（末）母親，爹爹歷宦既久，將相兼權，既釋先憂，當圖後樂，想不久定歸來也。（旦）媳婦，昨聞邸報，純仁孩兒推陞殿中侍御史，命尚未下，得此美任，也不枉了他苦志寒燈，只是一時不得相見，教我常常挂

心〔掩淚介〕〔小旦〕孩兒雖違膝下媳婦代奉晨昏望婆婆勿慮

〔過曲〕金落索〔旦〕夫君久別離。子媳空依倚。都爲只兩字功名。不得常歡會。〔末〕爹應效兩疏。挂冠歸。尊菜鱸魚願不違。〔副末老旦〕雖然畏途不及巖棲樂。只恐主眷難容遽拂衣。〔小旦〕情縈繫。一家兒思思念念望不見雁書飛。〔合〕父在天涯。子在天涯。爲兩下肝腸碎。

〔雜扮院子急上見介〕

劉袞　慌忙進。慌忙進。夫人聽咨啓。〔旦〕有何事這等忙〔院子〕相國辭官。榮還鄉里。〔衆驚介〕既有此信。知他何日到家〔院子〕馳驛受皇恩。車如流水。只得聽府縣郊迎。多管須臾來矣。

(旦)既是府縣出郭相迎、想即時便到、孩兒們快去接(末副末老旦應出門遠迎介)

(前腔)(生幞頭蟒玉雜扮從人瓜旗傘蓋鼓吹導上合唱)解相印。解相印。恩賜歸田里。道路趨蹌。如雲冠屨。何處問門墻。槐陰朱邸。綠野堂開。風塵堪避。

(末副末老旦道旁跪云)孩兒迎接爹爹(生)我兒起來、手下俱退(雜應下)(生入衆拜見介)(鷓鴣天)(旦)四朝憂國鬢成絲、龍馬精神海鶴姿(小旦)天上玉書傳詔夜(末)陣前金甲受降時(副末)扶綱紀、斥奸回、(老旦)炳然相業繼周伊(生)惆悵舊堂同綠野、夕陽無限鳥飛遲(旦)前見相公幾次書來、便知你有解組之意、却是爲着甚麽(生)我久受國恩、年應告老、况安石當權、自合見機引退、朝廷因不能强留、封我爲魏國公、封你爲魏國夫人、遷純祐比部員外郎、蔭純禮秘書省正字、純粹知滕縣、仍賜銀一千兩、表裏二十襲(旦)如此隆恩、一家怎消受得起

（學士解醒）（生）一自當年別鳳幃。提兵遠鎮邊陲。班超方掃胡塵淨。傅說行調鼎鼎梅。誰知安石弄權、不弱似呂但他紛更未免傷元氣。豪傑應先識禍機。我因此將簪纓棄。誰承望封妻蔭子。共沐恩輝。

（前腔）（旦）將相從來能有幾。君才吉甫堪追。蕩平勍敵將邦基奠。懾服權奸把政柄歸。到今日五湖已動扁舟興。六國難將金印羈。奴心喜喜。（生）夫人喜此甚麼（旦）喜班班青史。你姓字留題。

（生）夫人我但得歸隱林泉優游卒歲生平願足那身後之名何必計較純祐孩兒何日起程（末跪云）告爹爹兒弟俱出遊宦何人奉養雙親況兒病體方痊豈堪遠涉情願在家不樂赴任（起介）（旦）呀君

恩怎麽負得（生）我素見此子有拔俗之志辭官不去也自由他純禮純粹可擇日前行休得戀戀不舍（副末老旦跪云）謹遵嚴命（起介）（生掩淚介）（旦）相公今日榮歸不勝之喜却爲甚掉下淚來（生）孩兒想我貧時與汝昆養吾親汝毋躬執爨而親甘旨未嘗充也今得厚祿欲以養親親不在矣吾所最恨者恐令若曹享富貴之樂也（旦）我兒父親言語你們切記在心（末副末老旦跪云）孩兒怎敢忘却（起）

唱

（前腔）聽得爹言實可悲。高堂祿養今違。（末）我病軀不耐趨郎署。雅志惟甘戲彩衣。（副末老旦）幸登仕路將身顯。肯使家聲自我隳。（末副末老旦合）兒還忌。忌忌荒淫逸樂常佩弦韋。

（生）媳婦純仁推陞侍御史君命將下我欲送你赴孩兒任上你意下如何

【前腔】【小旦跪唱】夫唱妻隨雖正理，奈萍蹤南北東西。他心扶社稷，難把庭闈顧。我職主蘋蘩，惟將姑舅依。【起背生掩淚介】念只念我爹行闖外遙宣力。愁只愁我母氏閨中獨抱淒。【生】媳婦，我前日出京時，聞歐陽公薦你令尊與富弼，天下皆知其有可用之賢，此時定應拜相，你休得愁煩。【合】情應慰喜團圓骨肉。做個家慶筵席。

罷相歸來喜氣濃　一家骨肉受恩榮
今宵剩把銀釭照　猶恐相逢是夢中

第三十齣　去思　南呂用真文韻

【引子】轉山子【淨扮里老扶杖上】思挽循良久居任，奈難叩天閽。【丑扮里老扶杖上】遙望着十里棠陰，空惹起一場離恨。【合】怕

恩官別去更誰憐民隱

【淨】龔黃事業重朝端【丑】內召新加爵冠【淨】縱使抱轅留不住【丑】去思碑在萬年看【淨】自家姓張名忠【丑】自家姓李名義【淨】我兩人皆是許州里老。田分雖多，獨我二人年高有行，民情盡知，是以迎送官司。衆人推讓李鄉長、張鄉長。本州前任，接踵貪汚，你我不姓受了多少荼毒。何幸遇着這位范范爺，真是民之父母【丑】張鄉長，我們蒙他德政，纔得回生。如今却又陞了殿中侍御史，怎生舍得他去。我和你進京上一本，保留他如何【淨】我昨日正有此意。但今朝中無人，只怕聖上見我老成，在京留用，我怎生撇得婆兒【丑】你既不肯進京，我們扳轅臥轍，苦苦哀留，或范爺中止，亦未可曉【淨】此時只恐范爺出城，我們先到長亭伺候【丑】說得是，快去快去【行介】【淨】李鄉長，你知范爺的父親呵，

過曲【紅衲襖】他正朝綱秉國鈞。這范爺呵奪春魁應文運。他平生忠恕為心印，到處清勤守宦箴。他也曾葬枯骸安了

泉壤魂他也曾羅商糧濟了閭閻困這召杜歌謠落得流傳也端的是井邑家家父母君

前腔（丑）論這范爺呵他本是退奸貪古宋均守清白今楊震他也曾禁牧馬隄防禾稼損他也曾勸蠶桑親將郊野循他也曾釋羈囚施了些浩蕩恩他也曾寬盜賊不忍把刑威任這五袴歌謠落得流傳也可許三年借寇恂

（淨）呀那遠遠一簇人馬擁來想是范爺我們須馬頭叩見

前腔（小生冠帶朱衣雜扮從人執事傘蓋喝道上）（小生）出山城岐路分望祖帳長亭近我這裡衝塵車馬如風迅他那裡遮道耆民似蟻屯（淨丑伏地哭叫云）本州百姓願留天官爺爺再任數年決不忍放爺爺前去（小生）他那里哭

哀哀聲怎聞我這里痛殺殺心難忍（掩淚云）我自蒞任以來，並不曾爲你們做些好事，何足扳留，況此行出于君命，我也不忍撇你們，多感你臥轍扳轅來意殷勤也却不道去住難憑是宦身

【前腔】（淨丑）老爺未下車時，我們被催科受苦辛自爺下車後樂雍熙免饑饉感得那漁陽麥瑞天心順感得那虎渡弘農異類馴怎舍得爺政汪洋雨露恩怎舍得爺令嚴明金石信（小生）衆父老休得傷悲，我去後，新任官府，料必依我政事而行，你們同去罷（淨丑大哭介）恨無計扳留只得把百錢齎送也（淨丑獻錢介）（小生）我平日在任，只吃你們一口水，今日既去，這錢怎麼忍受（淨丑）老爺似這般清廉，呵，却不道劉寵當年受一文

（淨丑）恐見青驄別路岐（小生）一琴一鶴自相隨（淨丑）三年撫字多遺愛（小生）慨慷當年墮淚卿（仝下）

(末扮黃門上)聯步趨丹陛，分曹限紫微。聖朝無闕事，自覺諫書稀。下官黃門是也。今當早朝時分，恐有官員入奏，只得在此伺候。

【李子花】(小生帶從人上)(介)(小生)路迢遥，歷盡風塵，感青驄繡斧恩新。當朝柱史，天顏親近，更不比外州他郡。私忖，這言責好擔忠悃。

早已來到朝門，正是升殿時候，手下俱退，我自徑入。(衆應下)(小生入跪介)(黃門)那下邊跪的是何官？(小生)臣范純仁，待罪許州，荷蒙聖恩，陞臣殿中侍御史，到任謝恩。(黃門)朕惟朝廷之盛衰，常以諫臣為輕重。卿器遠心諒，才周識明，進如孟子之敬王，退若蕭生之憂國。因遷臺諫，用博讜言，倘有所懷，不妨向奏。

【前腔】(小生)念微臣身受殊恩，恕狂愚矢口敷陳。臣竊見王安石位當鼎鉉。威權專任。亂紛更怎培元運。況他勾引。是蠹國弘羊孔謹。

王安石變祖宗法度，掊尅財利，民心不寧。書曰：怨豈在明，不見是圖。願陛下圖不見之怨。（黃門）何謂不見之怨（小生）杜牧所謂天下之人，不敢言而敢怒是也。（黃門）卿善論事，宜為朕條古今治亂可為監戒者。（小生）臣有尚書解，明早進呈。（黃門）奉聖旨范純仁憂國愛民，犯顏敢諫，加集賢院同修起居注。聖駕回宮，各官退班。（小生起介）呀，黃門大人，下官所奏王安石變法一事，聖上因何不賜裁決？（黃門）聖上方倚任王公，大人却為甚彈劾？（小生）安石效桑孔均輸之法，而使小人為之，利誘君心，害遺社稷。他尚法令則稱商鞅，言財利則背孟軻，鄙老成為因循，棄公論為流俗，異已者為不肖，合意者為賢人，是以在廷之臣，大半趨附。眼見得朝綱壞了，若不用吾言而退安石，以荅中外之望，我這官做他何用。

呼喚子　心期作藎臣。上不慚天子。下慰嚴親。誰知忠言難入。只恐禍起紛紜。抽身總不如理釣綸。恐看要路盡邪人。懷孤憤。明朝上疏辭別楓宸。

前腔　黃門　君須息怒嗔。念父繞解組。你爲子的豈可又卸冠紳。

小生　家大人教我讀書。只指望我忠君。決不要我誤國。黃門　如君才望。出類超羣。況今執政已將大人議除知制誥。萬勿遽辭。綜綸美黃閣位越尊。且休抗疏逆龍鱗。小生　怒云　此言何爲至于我哉。言不用。萬鍾非所願也。黃門　壯哉壯哉。大人真有乃父之風。果然操持峻。是羨你三公不易。宇宙常伸。

黃門
慷慨丈夫志　生當忠孝門

小生
但能扶社稷　利害不須論。

第三十一齣　睦族　　雙調用先天韻

引子秋蕋香(外東坡巾白鬚上)將相人方爭羨、辭榮祿養志林泉、爲篤宗盟啓華讌、暢和氣春風不淺、

老夫范希文堂兄、諱仲敬的便是、年今七十一歲、我同宗子姪、將及百人、貧富賢愚不等、獨老夫叨爲族長、喜希文兄弟、辭相歸田、今日、請我合族飲酒、須索走一遭去、遠遠望見兩個姪兒來了、

過曲字字雙(淨丑晉巾靑衣上)時時妻子苦熬煎、貧賤、饑寒二字有誰憐、空怨、忽聞宰相設華筵、嚥、隣家借得舊衣穿、相見、

(淨)兒弟、那來的莫不是第七房姪兒、和第九房孫子(丑)正是正是、難道他也去赴席(淨)你我是相公親支、理當該請、似他這般遠房、不宜緊邀(丑)果若有他、我和你在相公前打個破頭屑(淨)說得有理

〔前腔〕〔小生小旦方巾上〕當年遺穀種心田。積善從來陰德動
皇天。垂眷。堂堂槐宰早歸田。強健。一門福蔭賴周全
餘美。
〔淨丑〕兄〔介〕賢姪賢孫何往〔小生小旦〕叔祖相公呼
喚、敢不疾趨〔淨〕原來也去吃酒〔丑〕呀、大伯父在前
面、我們趕上同行〔衆見外介〕〔外〕今日已將亭午、恐
勞宰相等候、我們快去〔衆應行介〕〔外〕積善慶有餘
積金用不足、〔衆〕一子受皇恩、全家食
天祿〔淨丑〕早已行來、請伯父先入、
〔引子〕〔胡搗練〕〔生忠靖冠胷背褶末方巾胷背褶雜扮院子隨上〕〔生末合唱〕思裕後欲
光前君恩寧忍一身偏敦睦自堪回薄俗箕裘業望
子孫賢
〔衆入見介〕〔外〕立朝事業重三台〔衆〕賦得閒情歸去
來〔生〕但願家聲能不墜〔末〕芝蘭玉樹滿庭栽〔外〕賢

第今日大邀同族、却是爲何〔生〕小弟遊宦數十年、久與賢宗濶別、比及歸家、又人事匆匆、未遑奉請、今方稍暇、畧叙寒温〔衆〕我子孫、正欲爲叔爺洗塵、先蒙呼喚、不勝愧感〔生〕今日合族在此、公孫約有五六輩、只依昭穆爲坐次、我兒將酒來〔淨丑〕叔爺只遞伯父、我們序坐便了〔生〕遞外介〔衆〕坐飲酒介

過曲〔惜奴嬌〕〔合〕綠野堂前、看重裀列鼎。昆弟排連、謝家羣從、全勝珠履三千。喧闐、次第金樽相酬勸、對天親歡情展。世澤延、不說當年楊震四世蟬聯。

〔生〕純祐、可令院子將那一廂白銀擡來〔末〕院應下攜銀上〕爹爹、白銀在此〔淨丑〕見銀驚喜私語介〔生〕對外云〕愚弟自出守饒州以來、凡歷數任、所得俸金、并恩例賞賜、俱積在此、長兄可照合族人數均分、休得遺漏〔外〕吾聞祿以養廉、亦以報功、賢弟旣爲國勤勞、自合親享、吾輩受之不安

【前腔】(生)聽言。論我祖宗呵　積德當年。到吾身始發。重叨恩眷。倘若私歸囊橐。不恤宗族顛連。黃泉死後羞慚應難見。便今日宗廟祭祀呵　有何顏追先遠。休太謙。及早從公分給。慰我惓惓。

(淨)伯父、叔爺有此好意、不可推却、只是一件　(生)賢姪如何說　(淨)我與叔爺係是親支、應該蒙此恩惠、如他再從遠房怎麼受得　(丑)人雖一族勢利者多、平素見我們寒薄、對面揖也不作一個、今日若非叔爺榮歸、誰肯欣然而聚、這銀子遠房委實難受、

【黑麻序】(生)流傳。分有親踈。自祖先相視。總是宗支無辨。我將心體諒。這些需　怎忍不周徧。(對外云)長兄、我想古人多少好義的　(外)怎見得　(生)應憐。同庖百口飱。同居九世延。這高賢。他都念本

本源源。落得子孫繁衍。
(生)長兄、愚弟欲置宅數百間、買田數千畝、以養羣衆之貧者。人日給米一升、歲衣縑一疋、嫁娶喪葬、皆有定例。這事須擇長而賢者一人主其事。(淨丑)叔爺有此盛舉、愚姪二人、願效犬馬。(生搖頭介)你兩個怎壓服衆人。(末)年高有德、莫如伯父。(小生小旦)孫輩願聽約束。(生)我也擬定非長兄不可。(外)愚兄衰朽、恐不足以當此任。(生)長兄聽我道、
(錦衣香)負郭田、捐貲佃、同里居、鳩工建。人將田里均沾、饑寒無怨。大家常享太平年。死遇喪葬、生結姻緣。把恩情聯屬、使宗親骨肉團圓。你長兄齒德令雙擅、衆憑懲勸。休辭出納。看仲淹薄面。
(漿水令)(外)我年雖邁身軀尚健。族雖多恩威可聯。從今

田里代操權。（生揖外介）謝長兄鼎諾。（外）你們也有長幼，也有愚賢。這仁澤須當念，違吾條約非良善。（衆）承相施

此大恩，使我子孫世世仰賴，我等有一不遵條約，願受公罰。今日權且拜謝了丞相。（拜介）謝丞相

恩同寶儼，願丞相壽比彭籛。

（尾聲）（生）遺將世業千秋衍，永守良規莫變。（衆）勝如玉種藍田。

（生）須信儒冠不悞身　權兼將相戴君恩

（衆）義田義宅從今建　謨烈千秋啓後人

第三十二齣　遣偵　黄鐘用江陽韻

（過曲）【賞宮花】（淨忠靖冠蟒衣上）朝綱執掌，官員拱手降。恨殺書

生輩忒猖狂。秖爲沽名將法阻。却不道暗中機穽怎隄防。

我王介甫令薛向行均輸法于六路，却與范純仁小畜生何干。他說我效桑孔掊克之術，而使小人爲之斂怨基禍，要朝廷去了我，以荅中外之望。幸得主上寬恩，不曾聽信。我因此上疏，乞貶純仁。誰知朝廷反與他一善地，命知河中府。那厮到河中，以新法不便，戒州縣勿行，十分可恨。我差人訪得他失察僚佐燕游一事，謫知慶州。他因慶州民飢，不待請奏，擅發常平粟萬餘。我昨早奏過官里，就差薛向按視，如果存活不實，教他一命難逃。待薛向來，再分付他去。

（前腔）（丑薛向冠帶上）下流訕上，如何不忖量。情理難輕恕。自掐殃。奉命將他親按視。身名坐見一朝亡。

（入見淨介）恩相。（丑）薛向參見。（淨）轉運免禮。你何日起程。（丑）今日拜辭恩相，明早即行。（淨）純仁那厮說我效桑孔之術，掊克民財，這猶可恕（丑）恕不得，恕不得（淨）他說我引用小人，又說朝中憸佞，大半趨附，轉運你看我門下誰是憸佞小人，這話分明譏誚着你我，心中怨恨怎生得平（丑怒介）小官蒙恩相青眼看待，他欲希寵無由，因此心生嫉妒，他不是小人，誰是小人，薛向到彼，若不將這匹夫置之死地，誓不復見恩相（淨）果如所言，歸來我定將你奏陞，只恐他黨與甚多，你是必小心在意（丑）謹遵台旨

【三段子】（淨）欲張法網，莫教伊將情掩藏。這忿怎償，試將伊多方勘詳。（丑）只怕他善于彌縫，小官此去，不能廉得其實，怎奈何（淨）常言道欲加之罪，何患無詞　蕭何律令原多項。虛言任把朝廷誑。須念削草除根，休使暗長。

【前腔】（丑）程途邁往，借官差陽扶紀綱。心地不良，報私

雖陰除背芒。(丑)恩相、小官要平白入了他罪、只恐天理難容、人言不服。(淨)天威原不足畏、何況區區人言乎。(小丑)人心天理都輕放。只要三推六問成招狀。那時節恩相威震乾坤。誰再植黨。

(淨)未活饑民先取尤　(丑)天羅地網自甘投

(合)是非只為多開口　煩惱皆因強出頭

第三十三齣　被逮　雙調用蕭豪韻

過曲【北清江引】(小丑扮倉官帶從人上)(小丑)做倉官落得腹內飽。只怕鼠來耗。(從人)若鼠耗了糧米、例該老爹陪償(小丑)獃狗、不若要我陪、那得許多老婆來賣老爹有個道理、放米減三除。收米加三報。(從人)老爹這事做不得、若上司訪知、罪名難免(小丑)我又有個道理若上司知我望家鄉星夜跑。

（從人）老爹，你做官不肯清廉，但法專圖僥倖，只怕你驛馬星不曾入宮，官符星先來照命。（小丑）我兒你不知，尅減是我的本心，欺瞞是我的舊性，做了二十年當該，已曾打的屁股鐵硬，拚着遠戍邊方，任把倉糧盜得乾淨，閑話休說，只怕有人上糧，你去門外看來。（從人應出望介）呀，遠遠望見一簇人來上糧了。

過曲【鴈兒舞】（淨末外扮百姓挑米上）賑濟開倉。免吾餓殍。這恩德如天感深無報。誰知奸謀按視勝鴟鴞。若查出倉糧怎麼了。

（外）我等皆是慶州百姓，去歲飢荒，死在旦夕，蒙范爺爺發常平粟，賑濟我等，活至今朝。誰知王丞相與范爺爺有讐，奏范爺爺存活不實，差官按視我等，遺累恩府，于心何安。幸喜今歲秋成，只得上粟以完倉廩。（淨望介）本倉老爹正在堂上，我們快挑進去。（入見小丑叩頭介）請老爹收粮。（小丑）你們是那一鄉

里長管下（外）小人都是慶州百姓、因去年范爺發粟濟饑、幸得今歲收成、償還舊粟（小丑）去歲范爺支去一萬六千餘石、定要完數、不許欠少（衆）小人情願晝夜搬輸、怎敢欠少一粒（從人拉小丑背云）依加三算、一萬六千石約有四千羨餘、難道老爹不分惠與小的（小丑）獃狗才、我與你合夥賣江米有何不可（從人）老爹只怕你貴人多忘（小丑）記得記得（小丑轉身向衆云）挑米莫遲延、查盤到眼前（衆）受恩思報效、勞役不須言（同下）

【哭岐婆】（丑扮薛向帶從人上）（丑）倉糧不少。教人焦燥。只見纍纍叢塚背新造。尸骸籍得滿荒郊。這段情由難判剖。

自家薛轉運便是、我奉王相國之命、來到慶州、按視范純仁常平發粟虛實、誰知倉糧一石不欠、教我怎生入他罪名、只見郊外新塚萬千、盡是飢民骸骨、他存活不實、即此証明、我已飛報王相公、他申奏朝廷、定是拿送廷尉、但恐洩漏消息與純仁、逃走怎了、我不如將他杻械上京、也除得後患、且他父親有些利害，如何是好（低頭思介）常言道過去未來，不如現在。范仲淹業已罷相，王相公今正當權，怕他怎的。叫手下，可將范純仁縛來（從人應下）

【北新水令】（小生晉巾青衣從人縛上）（小生）生平無事犯天條，寸心兒常懷忠孝。（既不曾）背君從反叛，（又不曾）蠹國慾貪饕。（卻爲甚）平地風濤，這釁孽由天作。

（從人）快行動些，薛爺等着哩（小生）那個薛爺（從人）你進去便見分曉（入見介）（從人）范慶州當面（小生）呀，原來是薛轉運。我有何罪，你着人拿我（丑）你自作的事，豈不自知。

【南步步嬌】你邀買民心，（卻把）朝廷眇，罔上違臣道。（小生）我在那里眇視朝廷，更有何事欺君罔上（丑）休將口舌饒，實跡分明，罪情不小。三尺定難逃，九重日月無私照。

（丑）這厮見我怎麼不跪（小生）范純仁果然犯法刀鋸鼎鑊不辭我今日却犯甚罪來怎麼跪你、

（北折桂令）這無名公案難招。雖然官法如爐。也須說個根苗。（丑）根苗根苗去歲擅發常平存活不實是你不是你（小生）俺因爲歲歉民饑夫。逃妻散。母泣兒號。（丑）你既然憐恤民情何不請命朝廷、却乃擅自發粟（小生）那百姓朝昏不保。欲請命呵怎擔待道路迢遙。因此先發倉敖。後請天朝。到于今照數償完。並不曾拖欠分毫。

（丑）買價支賣賤價償還這分明是你作弊、果若存活得實那郊外叢塚、却是因甚而亡、

（南江兒水）你慣把愚民誑。惟將虛譽要。却不道公家庾廩難私調。既經賑濟呵饑民歲月應相保。爲甚荒郊骸骨還堪悼。你自施爲顛倒。我特奉欽差。功罪身親查報

(小生)郊外叢冢，乃前帥楚建中所封，朝廷業已治罪，與我何干(丑)休得推辨，王巡檢具有供招，難道他來賴你(小生)王巡檢在那里，叫他來對(丑)叫王巡檢(從人應下)(淨扮王巡檢冠帶同上，背從人云)天理難昧，官卑不自由，在他矮簷下，怎敢不低頭，去歲范爺開倉濟飢，不知存活了多少百姓，這叢冢却是楚帥所封，爭奈薛轉運受了相國之命前來被視范爺，要將此事入他一罪，今早牆賠差人來分付，若還依從，陞我一個大大的官職，倘或少違，與范爺同坐，我想王相國勢力薰天，若拂了薛爺，便是拂了王相國，太山壓卵，這禍非輕，只得奉命便了(進見介)(從人)王巡檢到(小生)王巡檢，這叢冢是那任官府所封(淨)是范爺去歲飢荒時命小官封的(丑)據這言語，你尚要賴誰(小生)呀，兀的不氣殺俺也，

【北鴈兒落帶得勝令】(小生怒指淨唱)你只恁般畏勢豪，全不怕傷公道，滿口兒盡招伏，(淨)並不將一字兒分白皂，(丑)恨殺你

舌上有鎗刀。（羞殺你）身上帶皮毛。我想這事、都因王安石恨我不行新法、故令心腹小人將此罪名害我、你這狗官、我平日待你不薄、爲甚甘爲他的鷹犬（淨）小官一生心直口快、那里敢坐陷老爺（小生）生把個汲黯開倉廩。坑陷做淮陰赴市曹。（指天問丑云）薛向你看這上面是甚麽（丑）是天（小生）昭昭忠佞天知道。（丑）你便說下天來、這罪名也斷然難免（小生）俺也不嘵嘵災祥命所招。（丑氣云）罵得我好、罵得我好、王巡撿可多點民兵押送這廝上京、赴廷尉鞫問、休得疎虞、即刻起程前去（丑下）（淨同從人擁小生行介）（外末小淨小丑扮百姓哭上）冤屈冤屈、我等性命、皆賴范老爺存活、今日怎將楚陣事體、坐害無辜、我們攔住、休放范老爺前去（向小生遮道哭介）范老爺休去、范老爺休去（小生哭對衆云）你們百姓、休得攔路、薛轉運此來、係是朝命、我赴闕自當辨明、你們不勞憂慮（小淨）范老爺入京、吉凶未保、某等决不放心、不如將這奸臣殺了、我自償他命罷（小生）禁聲、那廝聞知此言、道我違宜抗勑其罪更大你們各回休得攔我去路(小丑)范爺既不肯留我情願投河而死(投河下介)(小生)呀怎麼爲我捐生可憐可憐(哭介)

(南僥僥令)(衆號哭唱)叩閽無有路遮道盡呼號誰向盆中將冤照我們恨不得仗昆吾絶獍梟

(北收江南)(小生)論豺狠生性本殘薄況狐狸假虎越咆哮這羅鉗吉網怎容逃多承你們好意休爲俺苦焦這只俺愛民心准擬鑒丹霄

(衆擁小生號哭介)(副末冠帶從人執事喝道上)

(南園林好)(副末)冒風塵軍儲轉漕我只見塞街衢人聲鼓噪(叫手下將衆人打開)(從人打介)(衆遶場亂跑一遭下)(副末見小生驚介)呀却是我哥哥(小生)呀原來

是我兄弟（副末抱小生哭介）哥哥你爲甚的受縲絏枷囚中道。一見了便魂消。未開口淚先拋。哥哥快說與兄弟聽、

【北沽美酒帶太平令】（小生）只爲去年歲饑荒民怎熬、發倉廩無明詔。（副末）賑濟饑民、原是仁政、先發後奏、有何不可（小生）那新法權臣恨阻撓張弓兒待鳥。因此奏過朝廷、說我存活不實、遣薛向來按視設機穽把宿雛消。（副末）倉中果欠多少糧（小生）賴百姓爭輸不少。（副末）既不少糧、又有何罪（小生）他將前官所封叢塚指是咱存活無效（副末）何不喚舊日與事之人對証（小生）指（淨）這奸徒隨伊籠絡。（淨）小官是耳硬的、怎敢听他變使（副末怒視云）你休怪、你休怪（小生）夕纔那些父老遮道不肯放我前去、其中有一人抱寃氣中流甘跳（副末怒云）

不的不恨殺我也（小生）俺也不怨着。恨着。心兒裡量度。是和非惟天堪表。

（副末）哥哥、小弟這時非不能手刃此賊、爭奈君命所關、權且忍奈、我將糧餉差官押行、我同哥哥前去辨白此冤（小生）這事我當自受、怎生勞你、

（南尾聲）（副末）一腔冤抑向君王道。誓不與國權奸共立朝。忠愛如兄格九霄。

（同下）

第三十四齣　雪冤

商調用庚清韻

（引子）（風馬兒）（老旦扮純粹冠帶上）自別親闈歲幾更、分銅虎寄專城、問田家荆樹今方盛、塤篪聲裡、何日共怡情、

環翠堂樂府
三祝記卷一
四八

久矣嚴親罷相歸、私情欲戲老萊衣、何時報得春
恩垂春草池邊愛日暉、我范純粹名未登科、身叨
恩蔭、朝廷念父勳庸、將其謬加擢用、茲以寶文閣
待制知信州、且喜到任以來、吏守其官、民安其業、
雖無廉幹之譽、庶免尸素之譏、只是烏鳥情懸、荊
花念切、怎生是好、呀、連日簿書過勞、不覺神思困
倦、且假寐片時（伏案睡介）（淨同從人擁小
生上）（副末冠帶素服隨上）（淨）快走動着、
過曲（山坡羊）（小生副末哭行介）苦哀哀弟兄找掙。二免得憐凄凄長
途孤另。二怪怪只亂紛紛執政操權。二恨恨只惡狠狠奸黨相
凌併。千里行。盼不到雲中五鳳城。無端桎梏桎梏牢拴
定。便是路上行人也動情。吞聲沾衣淚淚零。勞形。何時
怨恨平。
（副末）你們可知此處離信州還有多少路（從人指
介）轉過那山頭、便望見信州城了（小生低向副末

云）信州雖近不知兄弟可在衙門（副末）料應在彼我們且趲行一步（虛下）

【前腔】（老旦醒介）虛飄飄夢寬驚醒。戰兢兢心神不定。（內作鴉鳴介）（老旦）忽聽得一聲聲惡鳥簷前。莫不是遠迢迢骨肉遭不幸。（副末急走上）已到信州衙前待我徑入（見老旦介）兄弟禍事禍事（老旦）哥哥有甚禍你這等慌張（副末）痛鶺鴒。災從原上生。（老旦）莫不是堯夫哥哥麽（副末）正是正是（老旦）他為甚的（副末）他無辜討陷討陷深深穽。只為新法年來未肯行。（老旦）原來彼王安石讐陷他意欲何為（副末）傷情。令方縲絏行。（老旦驚云）哥哥今在那里（副末）趲程州前道路經。（老旦）休得閑話我和哥哥迎將去（同急走介）（眾擁小生上）（淨）快行快行（小生）吞聲沾衣涕淚零。勞形。何時怨恨平。（老旦見小生抱頭號哭介）哥哥誰知你有這場非災橫禍

【前腔】（小生）兄弟，我只爲救了些急煎煎難存活的民命。誰知犯了些血淋淋難分豁的律令。（老旦）哥哥這倉糧既然不欠，叢塚又非你所封，罪名郤從何而得？（小生）兄弟，上有權相，下有奸黨，欲加之罪，何患無詞。渺茫茫天道無知。當今理刑這些呵，暗昏昏誰復如明鏡。我也甘心受五刑。（哭介）只是劬勞報未成。（老旦、副末）哥哥、兄弟願做朱雲折檻折檻除奸佞。你定把公冶冤愆盡洗清。（小生）我若是捐生怎慰懸懸父母情。（副末、老旦）若得你回生，捹盡區區兄弟情。

（老旦）哥哥慢行幾步，小弟去將堂印庫四，交與州佐，即同赴闕辨冤。（副末）兄弟，我隨哥哥入京，你可馳歸家中，見父親求計何如？（老旦）說得是。二位哥哥，前途保重。小弟見了爹爹，即來奉看。情到不堪回首處。（小生、副末）一齊分付與東風。（老旦先下）（淨）快行快行。（小生、副末行唱）

吞聲沾衣涕淚零。勞形。何時怨恨平。

(同下)(外扮司馬光冠帶執笏上)憂國憂民本大賢忍令從奸獨含冤抗言不怕龍鱗逆辨豸從來慣觸奸自家諫議大夫司馬光便是范純仁忠有文風才堪公輔下官正要保奏他不意令被王安石讐陷方纔逮入長安不容面君徑送廷尉下官恐他遭其毒手只得入朝以口舌爭之呀遠遠望見他令弟來了且在此少待(副末冠帶素服急上見外拱手介)司馬大人家兄受誣某何惜一死不以辨明冤枉望大人扶持(外)下官正爲此而來我和你丹墀伏奏便了(副末外跪伏介)

【黃鶯學畫眉】(副末)臣戶部郎中京西轉運使范純禮冒死犯雷霆。臣兄知慶州范純仁爲民饑獨愴情。開倉賑濟修權政。不料王安石徧心挾讐誣奏存活不實遣伊黨薛向按視安將前帥楚建中所封叢塚濫加罪名。橫遭典刑。現如今拘囚廷尉難逃命。臣有此苦情。倘許垂天聽。赦臣兄嫂蟻餘生。

（前腔）（外）臣諫議大夫司馬光、奏聞陛下、治道戒紛更。執政王安石法妨民

未可行。他恨范純仁阻隔、借將叢塚爲機穽。陛下欲罪純仁呵、只恐人

心不平。陛下若不罷安石呵、只恐邦家不寧。望陛下保全良善除奸

佞。況純仁呵、定傾。伊呂才、堪並。果然是世篤忠貞。

（内云）奉聖旨、據司馬光所奏、王安石變法滋亂、難

壓洶洶之人心、懷忿害賢、吏失休休之相度、摘去

相印、放歸田里、朋黨薛向、發戍遠方、即着司馬光

叅知政事、范純仁強諫不忘、喜臧孫之有後、我心

是似、命召虎以來宣、即差中使持節、放出大理、授

中大夫、同知樞密院、范純禮遷右諫議大夫、謝恩

（外）副末叩頭呼萬歲起立介（小）

生冠帶素服執笏上跪伏介

（前腔）臣范純仁何幸得更生。雪寃愆賴聖明。不期政府叨

恩命。（内）朕覽觀仁祖之遺迹，永懷慶曆之元臣，爾純仁緯有父風，朕思倚任，既伸誣罔，特授兵樞，子欲守在四夷，以汝爲偃兵之姚宋，子欲藏于百姓，以汝爲恩民之蕭曹，勉效古人，以稱朕意。（小生叩頭呼萬歲介）樞機濫膺。才猷未勝。只恐父書徒讀難僥倖。寵靈天保詩堪詠，願從今海晏河清。

（内）聖駕已回，各官退班。

猶見鑒玉枝。（小生向外拜介）恩卿鮑叔兒，今復分榮。（向副末拜介）骨肉（小生扯副末）休戚情。（副末）轉災爲福似夢初醒。（外）從來邪氣難干正。論家聲百年台鼎，這將相今仍操柄。

【前腔】（副末）哥哥，你勤勞爲國。遺愛在蒼生，朝野懸懸待秉衡。喬遷應慰兩親情。（外）從教靑史分忠佞，羨賢昆同登台鼎。（小生）（副末）仗明公脫離淵穽。（小）（生）自分身爲泉下人（副）（末）回天此日獨啣恩（外）若非囹圄遭冤抑（合）忠孝誰知在一門

第三十五齣 雅會

大石調用齊微韻

引子（碧玉令）（外扮韓稚圭白鬚忠靖冠蟒褶雜扮從人隨上）（外）元龍湖海多豪氣位三台功成名遂出岫無心飛鳥倦知歸投閑處把香山社重修起

黑眉玄髪尚依然紫綬金章五十年爲問淩烟高閣上誰兼將相與神仙韓琦身受主眷位極人臣恩賜歸田路從蘇州經過思念吾女須往一看況久别希文恐不聽言此間已是范相府手下通報（從人）范爺有請

【前腔】（生白鬚角巾蟒褶末純祐方巾便服同上）（生）早辭魏闕身恬退，掩衡門塵心如洗。（末）誰過高軒，鳳字莫教題。（生）（末）忪展迓（外）（生）（末）喜金蘭白頭相會。

（相見拜介）（生）五十餘年交舊心，相逢那復議升沉。（外）聖飛塵土味誠薄，達宦風波憂更深。（末）自古榮華渾一夢，郎時歡笑敵千金。（合）桑榆晚景應須惜，九老風流尚可尋。（生）我兒，可喚媳婦出來，拜見韓爺。（末應虛下同小旦雜扮丫頭隨上）

【前腔】（小旦）別來十載思親淚，望京華夢魂迢遞。（見外哭介）哭、爹爹，覷而今朝悲喜兩難持。（外哭介）親骨肉，為功名天涯分離。

（小旦拜外介）爹爹，母親今在何處？（外）母親尚在舟中，風水不順，我先陸路而來，早晚即得聚首。（淨扮

老僧扶杖(上)歲月疾如弦上箭、功名浮似水中漚、惟有空山曾自在、蒲團不計幾春秋、范老爺在府麼(生)有客來了、媳婦迴避(小旦丫頭下)(末出覷介)呀、原來是長白山長老、韓老爺方纔到舍、請進請進(淨入衆相見揖介)(生外)久別禪師、常懷念想、不期飛錫、得慰離悰(淨)自二位相公聯步青雲、貧僧方外末流、怎敢親近貴客、但將相兼權、從來罕有、老僧五十年前便看定二公有此地位、今日果如所期(生)呀、禪師如何有此先見(淨)貧僧那碧雲軒、常出鬼魅、無人敢居、范相公來處不驚、是以知其福力必大(生)禪師元自不知、曾一日韋馱遣二鬼卒、書來試我、被我降伏、鬼乃獻筆獻戈、道我文佐休明、武戡亂略、自此不復見形(淨)奇哉奇哉(外)且聞希文量範立廟、野鬼夜號、鬼神尚然震悚、何況區區權要乎、却不知禪師何以知我功名(淨)我聞傳臚時、方唱相公名字、太史奏日下五色雲見、今日功施社稷、聲震華夷、所關豈小小哉(生)稚圭重厚比周勃、政事類姚崇、小弟常拜下風矣(外)慚愧慚愧(生)故人相聚、事非偶然、吾與二公訂爲真率會、脫粟一飯、酒數行、願爲十日之留、竊效九老之

社、先於席前聯詩一首何如(淨)妙妙、請韓相公首
倡(外)僭了、賢者規模衆所遵屏除外飾貴全真(淨)
盍簪既屢宜從簡爲具雖疏不厭貧(生)免事獻酬
修末節、都將誠實奉嘉賓(末)豈惟同志欣相照清
約猶能化後人(生)孩兒
行酒(末)遞酒衆飲介
過曲【念奴嬌序】(合)成功者退。羨知幾不辱。林泉杖屨追
隨。緬想當年。同筆硯何幸聯步黃扉。遭際。整頓乾坤。
勒銘鐘鼎。千令解組樂田里。重進酒。人間此會天上
應稀。
【前腔】朱邸筵開燕喜。這珍饈玉饌。何如斷虀劃粥滋
味。客聚賢星光。擔映。千仞南山相對。心契綠野堂中。
華簪隊裡。文郎談笑着緇衣。重進酒。人間此會天上

應稀。

（本宮賺）（老旦扮純粹晉巾便服乘馬急行從人隨上）（老旦）長途迢遞。恨無計能縮地。衝塵匹馬飛。爲兄怎敢辭勞瘁。寃欲洗。須向嚴親。通信息。喜行來家庭裏。（下馬進見介）呀韓老伯昇上人、却同在此飲酒（末）爹爹、純粹兒來到了（老旦哭拜介）孩兒拜伏。（生）呀我兒爲甚事、這般驚慌回來（老旦）兒不忍將言咨啓。只怕父和兄悶懷縈繫。

（生末）有事快說（老旦）王安石恨純仁哥哥不行新法、因開倉濟饑一事、奏道存活不實、乃遣心腹薛向按視（外）按視時、倉糧果欠多少（老旦）慶州百姓聞得此信、恐遺累哥哥、預先交完（生）既然交完、又有何說（老旦）那廝妄將楚卹所封叢塚、籍斃申報于令逮繫純仁哥哥上京、路逢純禮哥哥作伴前去孩兒特來報知（末哭介）兄弟遭此無辜、令人寸腸割斷、須求韓老伯爲畫一計（外）希文請細籌之（生

〔笑云〕寃當自白，即不能自白，心亦無愧。你兩人且不可使聞于毋親媳婦，免致驚恐。

〔權拍〕〔末〕恨權臣包藏禍機，念兄弟今當噬臍。只恐忠而見疑，忠而見疑。〔末老旦〕休做秦越相看，不管顛沛流離。〔外淨對生唱〕況公是耆舊元勳，宗社憑依。忙裁疏申奏丹墀，把寃暴白免傾危。

〔生〕稚圭，小弟所生四子，幸然無忝家聲。這純祐足下素知，若純仁得其忠，純禮得其靜，純粹得其略，

〔前腔〕他們顧家聲慚將行彀，受君恩羞將職曠。平空禍罹，平空禍罹。無妄之災，勿藥喜隨。〔老旦〕兩兒懸望，爹爹還當早設一謀，

〔外〕令尊自有定見，料無他虞。〔生〕我兒你純仁哥哥素能積善，天高聽卑，陰德能回。

〔合〕況朝廷清議難違，忠義士恐輕權。

（外）（淨）久別欣逢對綠樽（老）（旦）卿寃急爲轉家門

（生）蒼天應不虧忠義（末）願取清光照覆盆

第三十六齣　雙壽　南呂用齊微韻

（外角巾白鬚扶杖上）鳳吹聲如隔彩霞，蓬萊闕下相公家（末巾微白鬚上）朱樓畫戟深相映，疑有碧桃千樹花（外）老夫范仲敬是也（末）自家張茂德是也（外）張兄，自希文兄弟賦歸之後，置了許多田宅，以贍宗人，皆命老夫掌管，迄今二十餘年，男婚女嫁，足食豐衣，丁口不知添了幾倍，皆出希文之賜。今日他夫婦雙壽，這分明是天相吉人，方纔率領衆族，拜了壽來，此是理當，却怎生動勞足下（末）老翁不知，小子來拜之意，先父善煉白金，不幸病危，因某年小，未堪付托，乃以煉成白金一囊，並方書，授與希文相公，誰知相公甘守清貧，原封不啓，及他登第回家，小子往賀，相公將囊金方書，一一交還小子，當日卿恩莫報，望天拜禱，願相公多福多壽多男子（外）咲他今日身兼將相，壽登九袠，四子盡爲公卿，果然應了足下所祝。況我純仁姪兒賫以麥舟濟葬，正與還金一事相同，累世陰功，感怪得父子並居台鼎。（末）呀，你看遠遠一簇車馬行來，想亦是賀壽之客，我與你這路回避，何如。（外）正是

正是人間已應華封祝。（末）世外還期閬苑遊。（同下）

引子【戀芳春】（小生幞頭蟒玉，老旦冠帶朱衣，從人執瓜擎蓋執事導上）（小生）黃閣絲綸黑頭卿相，暫辭丹陛榮歸。（老旦）望裏長庚寶婺光照庭闈。（小生）且喜已到家門，手下暫退。（從人應下）（老旦）哥哥，我和你徑入。（入介）（生幞頭蟒玉白鬚扶杖，末副末冠帶朱衣，旦珠冠蟒玉白髮扶杖，小旦珠冠蟒玉，淨丑丫頭隨上）（生旦）初度華筵正啓，迎恩命兒還車騎。（小旦）非常喜福壽多男。（合）這回遭際真奇。

相見拜介（生）忠臣守正不謀身。（旦）處己雖危道益尊。（老旦）直爲冕旒宣聖訓。（小生）豈惟囹圄被寬恩。

（末副末）陰功自可資耆壽（小旦）餘慶尤當見子孫（生）報國爾曹心莫變。山林吾自樂天真。我兒相位非輕。君恩難負。你正當竭忠輔導。却怎麼辭了回來（小生跪云）報效朝廷。尚然有日。稱觴父母。豈可失期。孩兒乞恩省親。累疏方俾。聖上賜父親黃金二千兩。彩段五十襲。令府縣歲時存問[illegible]孩兒太中大夫守尚書右僕射中書侍郎封高平郡開國公。媳婦韓氏高平郡開國夫人。蔭子正平爲開封府尉。加兄弟純祐龍圖閣學士。遷純禮吏部尚書。純粹戶部侍郎（生）吋。仲淹一介書生。濫叨將相。不意告老之後。猶然身受殊恩。且妻室分榮。子孫並顯。如此遭遇。怎報涓埃（旦）相公。你與孩兒德被存亡。功施朝野。行且慶延百代。豈止福集一身。所幸我與你大耋之年。今皆康健。骨肉完聚。感謝皇天（末）兄弟將酒來奉爹媽（末小生副末老旦跪奉酒介）

過曲 梁州序 槐堂開讌。台星呈瑞。露掌分來甘醴。紫袍玉帶。閑居綠野委蛇。更喜椿萱並茂。棠棣森榮。

桂盈堦砌。紫簫雙度處跨鸞飛。膝下翩翩萊子衣（合）壽域開。仙音沸。記華封三祝從今遂這懽慶世無比。

前腔（小旦遜酒介）文章山斗。君臣魚水伊呂勳名堪配老歸林壑。丹心尚自傾葵。到今日諧將鳳侶。養就鵷雛共結長生會。麻姑親載酒泛春杯。笑指南山鶴筭齊。

（合前）

前腔（生）歎蘧鹽數載棲遲。博鼎鼐三公榮貴喜絲綸世掌。鳳翥天池。夫人我自從他燈燃夜帳麥解扁舟。便知工冶能無愧到如今 滿床簪與笏受恩輝犬馬何能報主知（合）（合前）

（前腔）（旦）問家聲清白，曾遺美孫子。公卿相繼，這繩繩麟趾，是陰德栽培。更喜這純仁孩兒，盡把朝廷恩例，益廣田廬，九族均沾惠。到如今故鄉當白晝，錦衣歸，具慶堂中愛日暉。（合）（前合）

（節節高）（合）書生膽量奇，震華夷，胸藏兵甲千城寄，把權奸退，綱紀持，蒼生濟，敦倫睦族蒸和氣，兒孫遶膝璠璵器，共把瓊觴花下傾，樂章又進千秋歲。

（前腔）思將雅俗維，彩毫題，尋常風月何堪記。總不如孝和弟，倡與隨，忠兼義，盤根錯節知鋒利，雖居縲絏非其罪，休將虀粥慢寒儒，玉成豪傑蒼天意。

尾聲　鹽梅舟楫需良弼。世德如蘭只在培。懿行昭昭汗簡垂。

不愛囊金易粥饔　養成德望鎮華夷

一心忠赤山河見　百戰功名日月知

解麥自緣家法在　拜麻相繼國鈞持

稱觴莫訝多賢嗣　積德從來是福基

[illegible]卷下終

一八

ISBN 978-7-5010-7374-0

9 787501 073740 >

定價：90.00圓